Imposible resistirse

JANICE MAYNARD

HARLEQUIN™

Editado por HARLEQUIN IBÉRICA, S.A.
Núñez de Balboa, 56
28001 Madrid

IMPOSIBLE RESISTIRSE, N.º 1878 - 10.10.12
Título original: Impossible to Resist
Publicada originalmente por Harlequin Enterprises, Ltd.

I.S.B.N.: 978-84-687-0395-4
Depósito legal: M-27181-2012
Editor responsable: Luis Pugni
Fotomecánica: M.T. Color & Diseño, S.L. Las Rozas (Madrid)
Impresión en Black print CPI (Barcelona)
Fecha impresion para Argentina: 8.4.13
Distribuidor exclusivo para España: LOGISTA
Distribuidor para México: CODIPLYRSA
Distribuidores para Argentina: interior, BERTRAN, S.A.C. Vélez Sársfield, 1950. Cap. Fed./ Buenos Aires y Gran Buenos Aires, VACCARO SÁNCHEZ y Cía, S.A.
Distribuidor para Chile: DISTRIBUIDORA ALFA, S.A.

Capítulo Uno

Jacob Wolff había visto a muchas mujeres desnudas en su vida. Conocía el cuerpo femenino por dentro y por fuera. Después de todo, era médico.

Pero, cuando Ariel Dane puso los pies en su consulta, vestida por completo, Jacob reaccionó como hombre y no como médico.

–Tome asiento, señorita Dane –invitó él, refugiándose detrás de su escritorio.

Ella actuó como si no lo hubiera oído. Con paso rápido y nervioso, se acercó a la ventana que daba al bosque, dándole la espalda.

Jacob aprovechó la oportunidad para observarla. Estaba delgada, quizá demasiado. Sin duda, era por influencia de la moda que imperaba en Hollywood. Ariel Dane era una estrella. Y, al verla en carne y hueso por primera vez, entendió por qué. Era exquisita. Etérea.

Llevaba el pelo recogido en una sencilla cola de caballo que resaltaba sus hermosos rasgos y la delicada curva de su nuca.

Jacob se acomodó en la silla, un poco inquieto. El silencio no le molestaba. Podía esperar a que ella quisiera hablar. Lo que le molestaba era su erección. Llevaba años sin estar con una mujer. Había aprendido a dominar su sexualidad a voluntad y casi nunca dejaba que su instinto tomara las riendas. Sin embargo, en presencia de aquella musa sexual de la gran pantalla, tuvo que reconocer que también era humano.

–¿Cómo ha sabido dónde encontrarme, señorita Dane? –preguntó él al fin, intrigado por su silencio.

Ella se giró un poco, dignándose a contestar.

–Conoce a Jeremy Vargas, ¿verdad? El actor.

–Un poco. Mi cuñada Olivia es amiga suya.

Ariel asintió y volvió a posar la mirada en el bosque que se veía por la ventana.

–Me vio en una fiesta hace poco y me dijo que tenía un aspecto de m... –comenzó a decir ella y se interrumpió de golpe. Miró a su interlocutor a la cara–. Lo siento. Digamos que lo que me dijo no fue muy halagador. Me aconsejó venir a verlo e insistió en darme sus datos de contacto.

–Hay médicos en Hollywood, también.

–Jeremy dice que, a causa de lo que su familia ha sufrido con la prensa a lo largo de los años, es usted muy discreto. ¿Es así? Sé muy bien que la prensa del corazón daría una gran suma de dinero por tener mi informe médico. No tengo nadie más a quien recurrir. No confío en nadie.

–No necesito su dinero, señorita Dane. Y mi familia y yo despreciamos a la prensa amarilla. Así que no se preocupe, su secreto está a salvo conmigo.

–Gracias –repuso ella y dejó escapar un suave gemido–. No sabe lo que eso significa para mí –añadió y se rodeó la cintura con los brazos.

El vestido le llegaba a las rodillas y dejaba entrever unas piernas interminables y esbeltas. El fino tejido se ajustaba a sus pequeños pechos y dejaba traslucir la silueta de sus pezones. Lo más probable era que no llevara sujetador, pensó Jacob con la boca seca.

–Tengo que decirle, señorita Dane, que no tengo mucha experiencia con desórdenes alimentarios. Pero podría aconsejarle un centro especializado.

–Mi aspecto debe de ser peor de lo que pensaba –señaló ella, sorprendida.

–Es usted preciosa –observó él, tratando de sonar distante–. Pero es obvio que está enferma. Un médico como yo se da cuenta de esas cosas.

Ella lo miró a los ojos con la cabeza bien alta.

–Me encantan los batidos, las patatas fritas y la pizza. Mi metabolismo funciona a la perfección. Y no me gusta vomitar. No tengo ningún desorden alimentario –afirmó ella y esbozó una sonrisa casi imperceptible–. Muéstreme un plato de comida basura y se lo demostraré.

Jacob se sintió aliviado. La anorexia y la bulimia eran muy peligrosas. Además, no estaban dentro de sus especialidades.

Entonces, le asaltó otra idea. ¿Sería adicta a las drogas? Su reputación de amante de las fiestas era bien conocida por todos, incluso por un hombre que vivía recluido en su fortaleza. Pero Jacob no era tonto. Sabía que a la prensa le encantaba exagerar, para lo bueno y para lo malo. Así que le daría el beneficio de la duda.

–Por cierto, ¿quiere algo de comer? Puedo prepararle un bocado rápido aquí o llamar a la casa principal para que nos envíen algo.

–Estoy bien –aseguró ella y posó la atención en las fotos que había en la consulta. Tomó un retrato enmarcado de la mesa–. ¿Quiénes son estos?

–Mis hermanos y yo, cuando éramos adolescentes –contestó él. Esa foto era una de sus favoritas–. Nuestro padre nos llevó a hacer *rafting* al río Colorado. Que yo recuerde, fueron nuestras únicas vacaciones juntos. Nuestra madre y nuestra tía fueron secuestradas y asesinadas cuando éramos niños. Mi padre siempre ha temido que sus hijos fuéramos los siguientes.

–Lo siento mucho –susurró ella con tono sincero–. He oído algunas cosas sobre el sufrimiento de su familia. Pero, al conocerte, me impresiona más todavía.

–Eso fue hace mucho tiempo –indicó él, encogiéndose de hombros–. Casi todo el mundo conoce nuestra historia. ¿Qué edad tiene?

–Veintidós.

Cielos. Ni siquiera había nacido cuando los Wolff habían padecido su gran tragedia.

–Le envié esa información por correo electrónico –le recordó ella, afilando la mirada–. En un informe muy completo de siete páginas.

–No esperaba verla tan pronto –confesó él. Había recibido el mensaje la noche anterior–. Y no he tenido tiempo de leerlo –añadió–. Tenemos más en común de lo que cree, señorita Dane. Mi familia ha sido perseguida por los *paparazzi* durante años, desde que mi madre y mi tía fueron asesinadas. Los asesinos no fueron capturados, por eso, de vez en cuando, la historia vuelve a saltar al ruedo.

–Lo siento –repitió ella–. También sé que debería haber esperado a que me llamara para darme cita, pero no tengo mucho tiempo.

–¿Tiene ya un diagnóstico? –inquirió él, presa de un miedo irracional.

Ariel asintió, incapaz de dejar de dar vueltas por la habitación. Jacob la escrutó, buscando señales de una enfermedad terminal. Aunque estaba muy delgada, tenía buen color y no parecía que el cáncer hubiera dejado huellas en su cuerpo.

Al pensarlo, el médico se encogió de terror y trató de mantener a raya sus recuerdos del pasado.

–¿Sufre alguna adicción?

Ella se quedó petrificada. Se acercó a él despacio y se dejó caer en la silla.

–Cielos, va usted directo al grano, ¿verdad?

Separados solo por unos centímetros, él podía percibir el color lavanda de sus ojos. Su belleza era clásica, intemporal. Por desgracia, la mayoría de los directores de cine no sabían aprovechar esa imagen y la convertían en un ídolo sexual para sus éxitos de taquilla.

–No puedo ayudarla si no me dice la verdad.

Sin responder, Ariel se levantó y comenzó a dar vueltas por la habitación de nuevo.

–¿Por qué se hizo médico?

Jacob tragó saliva, conteniéndose para no obligarla a sentarse y poder, así, inspirar su aroma.

–Cuando mataron a mi madre, lloré y le pregunté a mi padre por qué los médicos no hacían nada. Yo era pequeño y no entendía que había muerto al instante a causa de un disparo. Mi padre me dijo que nadie podía haberla salvado.

–¿Y usted no lo creyó? –adivinó ella con mirada compasiva.

–Era un niño –repuso él, encogiéndose de hombros–. En ese momento, decidí que sería médico para que otras familias no tuvieran que pasar por lo que nosotros pasamos.

–Qué bonito.

–Pero equivocado.

–No puede negar que es un buen médico.

–Los médicos no somos dioses, a pesar de lo que algunos de mis colegas crean.

–Si tanto duda de su profesión, ¿por qué sigue ejerciendo?

–Sé bien lo que es no tener vida privada y que el mundo entero especule sobre tus seres queridos. Por eso, cuando puedo, ayudo a la gente que no tiene donde ir para recibir atención médica sin que los medios lo sepan. Cuando no estoy en consulta, mi pasión es investigar sobre la leucemia. Tengo tiempo y dinero para ello.

–¿Por qué la leucemia?

–Cuando tenía siete años, mi mejor amigo era el hijo del hombre que se ocupaba de los establos. Se llamaba Eddie. Le diagnosticaron leucemia y, a pesar de mi tío y mi padre lo llevaron a los mejores médicos y pagaron su tratamiento, murió con ocho años.

–Es muy admirable.

–Amo mi trabajo –reconoció él.

–¿Y qué pasa con las personas que son pobres y desconocidas?

–La familia Wolff hace grandes donaciones a la organización Médicos sin Fronteras. Mi hermano Kieran y yo hemos construido varias clínicas aquí y en el extranjero. No le damos la espalda a los más necesitados. No tiene por qué sentirse culpable por recibir atención médica privilegiada en mi consulta.

–Demasiado tarde –replicó ella con una sonrisa–. Soy una mujerzuela malcriada y promiscua, ¿no lo sabía? –apuntó con amargura.

–¿Le molesta el constante escrutinio de la prensa?

–Sí. Aunque debería estar acostumbrada, después de tantos años –señaló ella, nerviosa. Se secó las lágrimas que le saltaban con el dorso de la mano.

–Siéntese, señorita Dane, por favor –ofreció él, tendiéndole una caja de pañuelos.

–Llámeme Ariel –invitó ella y se sentó.

Jacob trató de no fijarse en cómo la falda se le subía un poco, dejando al descubierto unos muslos esbeltos.

–Es un nombre muy bonito. ¿Te gusta tu trabajo?

–El trabajo perfecto no existe, doctor Wolff. Usted debería saberlo.

–Tiene razón –reconoció él y se recostó en su asiento, preguntándose si iba a ser capaz de ofrecer atención médica a esa mujer. Por el momento, solo podía pensar en el sabor que tendrían aquellos labios–. ¿Va a decirme por qué ha venido a Montaña Wolff?

–Hábleme de este lugar –pidió ella, haciéndose de rogar–. La casa principal parece un castillo.

–Es el lugar donde crecimos.

–Bastante impresionante. Está rodeado de acres de bosque salvaje. La carretera más cercana está a muchos kilómetros de distancia. No está mal.

–Fue una prisión para nosotros –admitió él y se mordió la lengua. No tenía por qué compartir sus sentimientos con sus pacientes–. Creo que debemos centrarnos en usted, Ariel. Por cierto, puedes llamarme Jacob.

–¿Y si yo prefiero llamarlo doctor Wolff?

–Creí que la gente del cine huía de los formalismos –observó él, frustrado consigo mismo por lo excitado que estaba.

–Prefiero mantener las distancias con un hombre que puede que me vea desnuda.

Jacob tragó saliva.

–Creo que has hecho el viaje en balde, Ariel. No puedo ayudarte.

–No te he dicho todavía qué me pasa –señaló ella, mirándolo con desconfianza.

–¿Vas a hacerlo? –preguntó él con brusquedad.

–¿Por qué estás enojado?

–No estoy enojado. Estoy ocupado. Estaba trabajando en un proyecto cuando llegaste.

–La mayoría de los hombres encuentran tiempo para mí.

–Pensé que buscabas un médico, no un hombre –le recordó él, sin dudarlo.

–Tal vez necesite ambas cosas.

–Creo que no nos estamos entendiendo, Ariel. ¿Vas a decirme por qué estás aquí?

Ella se sonrojó. Echó la cabeza hacia delante con un gesto de derrota y resignación. ¿Estaría actuando para llevarlo a su terreno?, se preguntó él.

–¿Ariel? –llamó Jacob, reprendiéndose a sí mismo en silencio por ser incapaz de manejar mejor la conversación. Pero esa mujer era demasiado bella, parecía diseñada para volver loco a cualquier hombre–. Habla conmigo. Lo que tengas que decir, no saldrá de esta habitación, aunque no sea yo quien te trate. Lo juro.

Ella se humedeció los labios con la punta de la lengua y levantó la cabeza.

–Necesito contratarte durante los próximos dos meses.

–¿Como tu médico personal? –inquirió él, sin comprender.

–No. Como mi novio.

Ariel se encogió un poco. Había sido demasiado brusca. Pero había algo en Jacob Wolff que la desequilibraba.

Por una parte, no se parecía en nada al médico que ella había imaginado. Había esperado encontrarse con un cuarentón de bata blanca y gafas, alguien en cuyo hombro pudiera buscar consuelo.

Jacob Wolff eran joven, muy atractivo y la ponía muy nerviosa. Sus ojos grises parecían ver a través de ella.

Tenía el pelo moreno y bien cortado. Y llevaba un traje de chaqueta hecho a medida que resaltaba sus anchos hombros, su vientre plano y sus fuertes muslos.

Ariel se pasaba la vida rodeada de hombres guapos con abdominales de gimnasio. Pero Jacob Wolff superaba a la mayoría de los varones que ella conocía. Su calma, su seguridad y su intensidad lo hacían irresistible.

En ese momento, sin embargo, él no parecía muy contento con la situación. Había fruncido el ceño y su cuerpo estaba tenso, como si estuviera deseando que aquella entrevista terminara cuanto antes.

–Disculpa, pero no te entiendo. ¿Tu novio? –preguntó él, tras aclararse la garganta.

–Ya lo sé, el término «novio» es un poco infantil –admitió ella, sonrojándose–. Y tú eres un hombre maduro.

–¿Quieres decir viejo? –replicó él, picado–. Mira, Ariel, sé muy bien que yo he entrado en la treintena, mientras tú todavía eres una niña.

–No me hables como si fueras mi padre –se defendió ella–. No soy una ingenua. En Hollywood, se comen a los niños para desayunar. He crecido rápido.

–Pareces tener unos dieciséis años.

–Bueno, pues no los tengo. Nadie pondría en duda que somos pareja. Mi madre dice que mi alma es muy vieja.

–Estás alejándote del tema. ¿Por qué necesitas un novio? ¿No estás saliendo con ese rapero famoso?

–Fue solo una foto. Me sorprende que las hayas visto –comentó ella con curiosidad.

–Puede que viva como un ermitaño pero, incluso los vejestorios como yo, sabemos lo que es internet. Sales en las noticias todos los días. ¿No lo sabías?

–No veo las noticias –apuntó ella con una seductora sonrisa.

–Me sorprende –repuso él y se recostó de nuevo en su asiento, entrelazando las manos–. Por suerte para ti, no cobro por horas. No se te da muy bien el papel de paciente.

–Y tú haces fatal de novio.

Él se encogió de hombros.

–¿Ya te has cansado de mí? –preguntó él y fingió un largo suspiro–. Es la historia de mi vida.

–No me lo puedo creer. No me imagino a ninguna mujer rechazándote.

Jacob puso gesto inexpresivo y se miró el reloj.

–Sé sincera conmigo o vete, Ariel.

Ella se sonrojó otra vez ante su brusquedad.

–Estoy enferma –dijo Ariel en voz baja, adivinando que había hecho el viaje en balde. Jacob Wolff no era la clase de hombre que se dejaba manipular por los encantos femeninos, pensó.

Él la miró con desconfianza.

–¿Es una broma? Me siento como si estuviéramos representando una obra de teatro de la que no conozco el guión.

–La verdad es que me intimidas bastante. ¿No se supone que los médicos son atentos y comprensivos? –preguntó ella, lanzándole una sensual sonrisa.

–No estamos en la cama, Ariel. Sigue hablando –insistió él–. Explícate.

–Es verdad –susurró ella, estremeciéndose por el modo en que él había pronunciado la palabra cama–. Estoy enferma. Por eso, necesito que seas mi novio.

Quizá, él se dio cuenta de lo cerca que Ariel estaba de derrumbarse, pues habló con voz suave.

–Empieza por el principio. No te juzgaré y no te interrumpiré, lo prometo. Quiero ayudarte, Ariel. Puedes confiar en mí.

La habitación se quedó, de pronto, en completo silencio. Sintiéndose sofocada, Ariel quiso abrir la ventana y dejar entrar aire fresco, junto con los sonidos del bosque. Pero se contuvo.

De acuerdo, pensó. Si él quería que empezara por el primer capítulo, lo complacería.

–Llevé a mi madre al Amazonas hace unos meses. Le han diagnosticado cáncer avanzado de mama y yo quería que hiciéramos juntas un último viaje.

–Lo siento –apuntó, observándola con atención.

–Ella está preparada para morir –aseguró ella, moviendo la mano como para quitarle importancia.

–¿Y tú?

Con un nudo en la garganta, Ariel se quedó callada unos segundos.

–Lo intento. Hemos pasado casi toda mi vida solas las dos, así que me cuesta imaginarme sin ella.

–En algún sitio, leí que fue tu madre quien te llevó a hacer anuncios cuando eras una niña. ¿Es verdad?

–Sí. La mayoría de la gente cree que fue por el dinero... ya que mi padre nos abandonó.

–¿Y no fue así?

–El dinero era importante, lo sé. Pero creo que fue su manera de darme salidas en la vida. Mi madre no tenía muchos recursos, pero un primo suyo trabajaba en la industria del cine y ella le pidió que nos echara una mano.

–¿La culpas por eso?

Ariel rió, sorprendida por su pregunta.

–Claro que no. Me encantaban los focos desde el principio, los aplausos, el público. Al actuar, me sentía valorada.

–Pero no has ido a la universidad, ¿verdad? Trabajas desde muy joven.

¿Acaso la estaba criticando?, se preguntó Ariel. ¿O era ella quien estaba demasiado susceptible?

–He hecho dos películas al año desde que tengo catorce. Por eso, mi educación terminó de forma abrupta cuando acabé el instituto. Además, no era buena estudiante, así que no fue una gran pérdida. Y hago mucho dinero con mi trabajo. Licenciarme habría sido una pérdida de tiempo.

–¿Estás tratando de convencerme a mí o a ti misma?

Perpleja por su perspicacia, Ariel se mordió el labio.

–Te estás saliendo del tema –apuntó ella, ignorando su pregunta.

–Tienes razón. Continúa.

–Mi madre adora viajar. Por eso, cuando tuve éxito, empezamos a hacer viajes juntas. Hemos estado en París, en Roma, en Johannesburgo y... bueno, en muchos sitios.

–¿Qué tal fue el viaje al Amazonas? ¿Tu madre tuvo fuerzas para hacerlo?

–Mi madre era una roca. Fui yo quien enfermó.

–¿Qué pasó?

–Cuando llevábamos allí cinco semanas y estábamos a punto de volver, contraje malaria.

–¿No te vacunaste antes de irte?

–Sí, pero parece que contraje una cepa resistente a la medicación. No recuerdo mucho de esos últimos tres o cuatro días. Fue terrible. Mi madre estaba muy asustada. Habíamos contratado a un guía y nos ayudó mucho. Pero estábamos en medio de la selva y yo estaba demasiado enferma como para movernos. Makimba encontró un curandero de una tribu que me curó.

–¡Cielo santo! –exclamó Jacob, impresionado–. Podías haber muerto.

–Lo sé. Sin embargo, las hierbas del curandero funcionaron. Quedé muy debilitada, pero me curé.

–¿Qué pasó después?

–Volvimos a casa –respondió ella, encogiéndose de hombros–. Me habían contratado para poner la voz de un personaje en una película de animación. Por suerte, era un trabajo de estudio en Los Ángeles, así que podía dormir en mi casa todas las noches. Y el horario no era tan duro como si hubiera estado filmando una película.

–Tienes que hacerte análisis de sangre –indicó él

con tono de urgencia–. Para identificar el parásito exacto y para determinar la medicación adecuada. ¿Lo has hecho ya?

–No –negó ella.

–¿Por qué no? Cielos, Ariel, esto no es un juego.

–Por eso estoy aquí –replicó ella con toda la dignidad que pudo–. Tuve otro episodio de fiebre hace tres semanas. No fue tan malo como el primero, pero lo pasé bastante mal. No puedo ir a un médico cualquiera y arriesgarme a que la información salga a la luz.

–¿Por qué? Estás enferma. ¿Qué tiene de malo? –inquirió él, sin comprender.

–En diez días, voy a empezar un rodaje que puede cambiar mi carrera para siempre. Es el tipo de guion que puede darme un Oscar. Me han elegido entre seis actrices de primera línea. Si corre el rumor de que puedo quedar incapacitada en medio del rodaje, me quitarán el papel.

–¿Y tu carrera es más importante que tu salud? –le espetó él con una mezcla de sarcasmo y criticismo.

–Cuidado con lo que dices –le reprendió ella, acalorada y furiosa porque juzgara de esa manera sus motivos–. No sabes nada de mi vida ni de mis circunstancias. Menos mal que no ves pacientes a menudo, doctor, porque eres un arrogante.

Los dos se quedaron en silencio durante medio minutos, sus rostros casi tocándose. El enfado de ambos podía palparse en el ambiente. Jacob fue el primero en ceder.

–Lo siento –dijo él al fin, tenso–. Prometí que te

escucharía sin juzgarte y sin interrumpirte y no he conseguido hacer ninguna de las dos cosas. Por favor, continúa.

Ariel, que había estado dispuesta a presentar batalla, se quedó desarmada. No estaba acostumbrada a conocer hombres que supieran disculparse. Al mismo tiempo, por otra parte, Jacob Wolff conseguía desprender un aire de superioridad que la dejaba sin argumentos. Aceptando sus disculpas, ella volvió a recostarse en su asiento.

–Me gusta lo que hago. Y te mentiría si te dijera que no me importa lo que arriesgo. He representado muchos papeles de rubia tonta, tantos que, a veces, creo que me estoy convirtiendo en una. Pero, además de las perspectivas profesionales de este nuevo papel, la película me daría mucho dinero. Mi madre no tiene seguro médico. Tengo que pagar todas las facturas de su tratamiento.

–¡Uf!

–Sí. Además, quiero hacerlo por mi madre. A lo largo de los años, ha tenido que leer todas las críticas negativas que la prensa ha escrito sobre mí. Por una vez, quiero que se sienta orgullosa. Cuando le conté que me habían dado este papel, lloró de emoción.

Jacob Wolff se quedó callado, su rostro parecía tallado en piedra. Al fin, suspiró.

–No puedo discutirte tus motivos, aunque tengo la sensación de que tu madre ya está orgullosa de ti. Parece que las dos estáis muy unidas.

–Lo estamos –afirmó ella con un nudo en la garganta, al pensar que, pronto, iba a estar sola en el mundo–. Por eso... tengo que hacer la película. Pero temo otro brote de malaria. Me gustaría contratarte como mi médico personal durante el rodaje.

–¿Como si fueras una diva?

–Céntrate, doctor. Ahí es donde entra en juego que seas mi novio. Nadie puede saber que estoy enferma. Por lo que respecta al director y al equipo, tú y yo estaríamos saliendo. Si tuviera un nuevo brote, tú me cuidarías y te asegurarías de que estuviera fuera de combate el menor tiempo posible. Todos sabrían quién eres, por supuesto. No hay manera de ocultar tu apellido. Y tu profesión no tiene por qué ser un secreto. Pero nadie debe averiguar lo de la malaria.

–¿Alguien te ha dicho alguna vez que eres muy fantasiosa?

–Todo mi mundo se basa en la fantasía –admitió ella–. Yo hago todo lo que puedo por no perder la noción de la realidad.

–Lo dices como si fuera un plan fácil –comentó él, meneando la cabeza–. Pero los hechos son los hechos, Ariel. Yo no tengo talento para actuar.

–Tal vez, no –susurró ella, deseando poder seducirlo allí mismo–. Pero eres muy guapo. Eso y tus dotes de médico son todo lo que necesito.

Si había esperado avergonzarlo, fracasó.

Jacob Wolff se quedó mirándola, sin dejarse impresionar por sus palabras.

–¿Qué te hace pensar que voy a considerar siquiera una proposición así? Tengo mi trabajo, Ariel, mis investigaciones. ¿Por qué iba a dejarlo de lado?

Ariel había aprendido a la tierna edad de dieciséis

años que podía usar su aspecto y su sensualidad para conseguir lo que quería de la vida, sobre todo, de los hombres. Y, sin duda, podía ser un buen momento para poner en práctica alguna de sus artimañas de seducción. Sin embargo, la integridad que emanaba aquel hombre la impidió hacerlo.

–Por la misma razón que te convertiste en médico –repuso ella, encogiéndose de hombros y tirando su último cartucho–. Te gusta que te necesiten. Y yo te necesito, Jacob Wolff. Solo a ti. ¿Me ayudarás?

Capítulo Dos

Para Jacob, era casi imposible seguir manteniendo su fachada de impasividad profesional.

Si Ariel moría, lo que era posible si sufría una recaída grave, no podría perdonárselo. Al convertirse en médico, había jurado no hacerle daño a nadie. Si la dejaba salir por esa puerta, estaría violando sus principios y su juramento de velar por la vida humana.

Había visto la muerte de cerca demasiadas veces. Su madre, su novia, su amigo de la infancia. Por no mencionar a los pacientes que había visto fallecer mientras estudiaba medicina.

Solo tenía una opción, a pesar de que sabía que era peligrosa. Si aceptaba, correría el riesgo de someterse a los impredecibles efectos secundarios que podía tener para su corazón el deseo que sentía por la deliciosa Ariel Dane.

–¿Cuándo me necesitarías? –preguntó él.

–Dentro de diez días, más o menos.

–¿Y dónde será el rodaje? Por favor, no me digas que la película de tus sueños tiene que hacerse en el corazón de la ciudad de Detroit.

–Has tenido suerte. Será en Antigua. Sol, arena, sangría...

–No bebo mucho. ¿Crees que eso será un problema... para dar el pego?

–Nada de eso. Yo apenas bebo tampoco.

Ariel debió percibir su escepticismo.

–He alcanzado la edad legal para consumir alcohol en Estados Unidos hace solo unos meses y, en ese tiempo, no he tomado más que una copa de vino en las fiestas.

Ariel era actriz, se recordó Jacob. Y muy buena. Representar el papel de joven inocente sería pan comido para ella.

Sin embargo, él quería creerla. Y la creyó.

–Si aceptara, ¿durante cuánto tiempo tendríamos que estar allí?

Un brillo de esperanza se asomó a los ojos de Ariel, provocándole aún más excitación.

–El director espera poder hacerlo en diez semanas y, luego, seguir en Los Ángeles. Las tomas de interiores se harán en un plató. Entonces, podrás volver a Montaña Wolff.

–¿Qué pasaría si enfermas al regresar a California?

Ella se encogió de hombros.

–Mi madre estará conmigo. Y tengo un par de amigas de confianza. Pero la verdad es que, a esas alturas, ni el director ni el productor podrían permitirse despedirme, después de haber rodado casi la totalidad de la película. No les quedaría más remedio que esperar a que me recuperara.

–Lo has pensado muy bien.

–Puede que no tenga una carrera, doctor, pero

me he licenciado en la sabiduría de la calle. Ahí fuera, quien no aprende rápido, no sobrevive.

–No me comprometo a nada hasta que hagamos un examen médico completo. ¿Estás de acuerdo?

–¿Tengo otra salida?

La atmósfera estaba muy cargada. Jacob notó cómo la sangre se le agolpaba en las venas.

–No –negó él con decisión. Cuando estaba en juego la salud del paciente, lo tenía claro.

–Ya me han dado un diagnóstico –repuso ella, pálida, retorciéndose las manos.

–No importa. Tengo que hacerte mi propio reconocimiento. ¿Qué temes que encuentre?

Ella se puso tensa y levantó la barbilla.

–No tengo miedo de nada. Lo que pasa es que no me gustan los médicos.

–No me digas eso –replicó él, divertido por su reacción tan infantil–. No te haré daño, te lo aseguro.

–¿Y la aguja?

–¿Ese es el problema? ¿No te gusta que te saquen sangre? Tendré que hacerte un análisis, pero te prometo que tengo mucho cuidado cuando pincho a alguien.

–Me desmayé una vez cuando doné sangre para la Cruz Roja –confesó ella, nerviosa–. Me da vergüenza.

–Yo cuidaré de ti –afirmó él y se sorprendió a sí mismo por la profundidad de sus palabras–. En serio, Ariel. No tienes de qué preocuparte.

–¿Tendré que quitarme la ropa?

A Jacob le subió la temperatura al instante. Ariel desnuda bajo su techo. Por primera vez en su vida, tuvo ganas de poder llevarse a una paciente a la cama en vez de a la camilla. O, mejor aún, podía tomarla de pie, en el pasillo, pues no tenía paciencia para llegar al dormitorio.

La frente se le empapó de sudor. Las manos le temblaron.

–No –respondió él con un gallo en la voz–. No será necesario.

–Entonces, terminemos de una vez –murmuró ella y se puso de pie de un salto. Tomó su bolso.

–Déjalo –indicó él–. Volveremos enseguida y no hay nadie por aquí que pueda llevárselo.

Cuando salieron al pasillo que conectaba la clínica con el resto de la casa, Jacob miró por la ventana que daba a la entrada.

–¿Hay alguien esperándote? ¿Un chofer, tal vez?

–He conducido yo, un coche alquilado. Me puse peluca y gafas de sol y nadie me ha reconocido. He tenido suerte –comentó ella–. La verdad es que entiendo por qué tu familia y tú os habéis aislado aquí, para refugiaros de la atención indeseada de la gente.

–Al principio, mi padre y mi tío nos trajeron aquí por esa razón –admitió él, conduciéndola a la sala de exámenes–. Pero, al crecer, elegimos quedarnos por diferentes motivos. Mi hermano Gareth adora vivir en una tierra salvaje. Kieran ha descubierto que, a pesar de sus viajes por el mundo, donde más a gusto está es en su hogar.

–¿Y tú?

–Me gusta estar cerca para poder cuidar a mi padre y a mi tío. Los dos se están haciendo mayores…

Además, el sitio es perfecto para mis pacientes, que vienen buscando privacidad.

–¿Quién más vive aquí?

Jacob supuso que ella trataba de distraerse del examen médico que tan nerviosa la ponía.

–Tengo dos nuevas cuñadas. Y tres primos que van y vienen.

–Necesitas un decorador –señaló ella, sentándose en la camilla.

–¿Cómo dices? –preguntó él, mientras sacaba el instrumental de un cajón.

–Los colores –repuso ella arrugando la nariz–. Parece una morgue. Blanco, negro y acero inoxidable. Y, por lo poco que he visto, tu casa es igual. ¿Por qué?

Jacob no lo había pensado nunca mucho, pero lo que Ariel decía tenía su lógica. Su vestido color rosa era el único toque de color que había en la habitación.

–El trabajo médico requiere limpieza absoluta –explicó él, poniéndose el estetoscopio–. Supongo que es un hábito.

–Limpio no quiere decir aburrido –observó ella, mirando al techo–. Eres rico. Cómprate algunos cojines de colores, te lo recomiendo.

Jacob posó una mano sobre su hombro y, con la otra, le colocó el estetoscopio en la parte superior del pecho.

–No aspiro a salir en las revistas de decoración. Respira con normalidad.

Ariel se quedó petrificada.

Él apartó el estetoscopio.

–No contengas el aliento –ordenó Jacob. No había ninguna señal de patologías en el latido de su corazón–. Inspira y espira.

Ella cooperó. Su piel era cálida, aun a través del vestido, y Jacob deseó tumbarla allí mismo y recorrerle la espalda con la lengua.

No estaba acostumbrado a tener tales fantasías. Pero, con Ariel, su cuerpo se rebelaba contra su ética profesional. Nunca en su vida había sentido una tentación tan fuerte.

–Los pulmones y el corazón suenan bien –comentó él, dando un paso atrás, notando todavía el cálido contacto de su piel–. Lo más importante es el análisis de sangre.

Ariel se encogió. Él le sujetó el brazo.

–Será rápido. No mires. Gira la cabeza.

–Ahora es cuando vendría bien en esta pared un Monet o cualquier cuadro con gusto, para centrar la atención en él.

–Cierra los ojos, si quieres –repuso él, riendo.

–Eso sería peor.

Jacob preparó la aguja.

–Háblame del viaje al Amazonas y fija la vista en ese armario de ahí.

–De acuerdo –dijo ella. Estaba tan nerviosa que comenzó a temblar.

–Relájate, Ariel –aconsejó él, acariciándole el brazo–. Solo sentirás un pinchazo. Aprieta el puño –pidió y le insertó la aguja con un diestro movimiento.

Ariel soltó un gemido sofocado y se quedó laxa. Fue tan rápido que Jacob apenas tuvo tiempo de reaccionar. La tomó en sus brazos antes de que cayera, pero tuvo que soltar la aguja y la sangre comenzó a brotarle del brazo, manchando el vestido de ella y la ropa de él.

–Maldición –rugió él y la colocó de nuevo en la camilla. Lo mejor era tomar otra aguja y conseguir la muestra de sangre antes de que ella recuperara la conciencia.

Cuando lo hubo hecho, tomó una pequeña toalla, la humedeció y le frotó en la cara y en el cuello.

–Despierta, Ariel. Despierta. Ya está.

Al fin, ella abrió sus largas pestañas, mirándolo confundida.

–¿Qué ha pasado?

–Te has desmayado.

–Lo siento –musitó ella, esforzándose por incorporarse.

–Tómatelo con calma. No hay prisa.

–Vamos –dijo ella, extendiendo el brazo y cerrando los ojos–. Hazlo. Esta vez, no me desmayaré.

–Ya he terminado –afirmó él, sonriendo.

–¿Qué quiere decir? –preguntó ella y abrió un ojo–. Pensé que tenías que llenar varias probetas.

Jacob deslizó un brazo debajo de ella y la ayudó a sentarse. Inhaló su aroma, a sol y a miel.

–Tomé la muestra mientras estabas desmayada.

Ariel lo miró con los ojos muy abiertos y se colocó el pelo y el vestido.

–¿Y por qué estamos los dos cubiertos de sangre?

–Solo son unas gotitas. Cuando te caíste, la aguja se salió de su sitio.

–Mmm. Tal vez, deberías contratar a una enfermera. Esto no parece tu punto fuerte.

Jacob contó hasta diez para no perder los nervios.

–¿Alguna vez te ha dicho alguien lo impertinente que eres?

Ella sonrió, haciéndolo estremecer.

–Mucha gente, doctor, mucha gente.

–¿Quieres cambiarte de ropa? –preguntó él de forma abrupta, temiendo no poder seguir manteniendo el control de la situación.

–Si me vas a ofrecer una bata de papel, la respuesta es no.

Ignorando su pulla, Jacob limpió todo, colocó los instrumentos en su sitio y etiquetó las probetas con sangre.

–¿Cuántas veces al año donas sangre?

–Siempre que me dejan. Cada cuatro o cinco meses.

–¿Por qué? –quiso saber él, perplejo.

–Tengo un grupo sanguíneo poco común –explicó ella–. Es importante.

Solo por eso, ella se merecía su ayuda, decidió Jacob. Cualquier mujer lo bastante valiente como para hacer lo correcto aun a riesgo de desmayarse, tenía todo su respeto. Su coraje lo desarmó, casi tanto como su impresionante belleza.

Aceptaría su propuesta, se dijo él. Pero mantendría al margen sus sentimientos. No permitiría que Ariel Dane fuera nada más que su paciente. Era demasiado joven para él. Ocho años era una diferencia muy grande. Además, ella necesitaba protección y él se la daría, tanto en lo físico como en lo emocional.

Solo en una ocasión con anterioridad había sentido esa necesidad de hacer de caballero andante. En ese caso, Jacob le había fallado a la mujer de su vida. Cuando Diane había sido diagnosticada, ya no había podido hacer nada. Solo había podido ofrecerle su amor y su apoyo durante semanas de dolorosa quimioterapia y sujetarle la mano en el momento de la muerte.

No volvería a ponerse en esa situación nunca más. Era demasiado doloroso. Por eso, con Ariel, tomaría precauciones. Sería su amigo, su protector, su médico. Y nada más.

Ariel observó a Jacob Wolff con atención. Lo cierto era que estaba fascinada con él. Emanaba poder y fortaleza. Y le daba deseos de lanzarse a sus brazos y cobijarse en su solidez. Para ella, coquetear era algo natural y, aunque fuera injusto para Jacob, no podía evitar ponerlo a prueba. Necesitaba comprobar si era capaz de romper su escudo.

Jacob terminó lo que estaba haciendo y la miró con cautela.

–Lo de cambiarte de ropa lo decía en serio –dijo él.

Ariel se bajó de la camilla pero, al momento, la habitación comenzó a darle vueltas. Alargó la mano para agarrarse a algo y dio con el pecho del médico. Era ancho y firme, con fuertes músculos.

Él la rodeó con un brazo e inclinó la cabeza hacia ella.

–¿Estás bien?

Estaban tan cerca que Ariel percibió cómo a él le subía el color. Se apartó de su abrazo.

–Nunca había estado mejor –repuso ella sin fuerzas–. Sí, me gustaría cambiarme de ropa.

Jacob la condujo al pasillo.

–¿Quieres que saque tu maleta del coche?

Ella asintió, aunque se sentía clavada al suelo por un inesperado brote de timidez.

–Por favor. Está en el maletero. El coche está abierto.

Mientras Jacob salía, Ariel entró en la consulta y agarró su bolso.

–Estás siendo muy amable, teniendo en cuenta que tienes reputación de ermitaño antisocial.

–No soy antisocial –se defendió él, titubeando–. Lo que pasa es que me gusta concentrarme en mi trabajo.

–Entiendo.

Ariel lo siguió al salón, cubierto con una moqueta negra y con sofás blancos de cuero. Bonitos, pero fríos. Con algunos toques de color y aquí y allá, aquella casa podría ganar encanto y sofisticación, pensó ella.

Lo atravesaron y salieron a otro pasillo. Él entró en la primera puerta abierta y dejó la maleta de Ariel junto a una cama.

–El baño es todo tuyo, si lo necesitas –ofreció él–. Te esperaré en el salón.

–No sé si intentas manipularme o si es que eres una ingenua.

–Vaya –repuso ella, encogiéndose–. ¿No tengo una tercera opción?

–¿Cómo cuál?

–Me gusta concentrarme en mi trabajo.

Cuando Jacob rio ante su respuesta, Ariel se sintió como si hubiera ganado la lotería.

–*Touché* –dijo él, con expresión más relajada–. ¿Por qué quieres quedarte aquí, Ariel?

–Mi vuelo no sale hasta mañana. Los hoteles más cercanos están a una hora de aquí. No quiero correr el riesgo de que alguien me reconozca.

Jacob asintió, pensativo.

–Cámbiate. Luego, lo pensaremos –sugirió él y cerró la puerta.

Ariel se quedó sola en el dormitorio color marfil, que tenia cierto aire femenino. Se preguntó si él llevaría a muchas mujeres a su casa.

De pronto, sintió celos y se sorprendió.

Para no perder tiempo, decidió no ducharse. Se quitó el vestido y se puso unos vaqueros, una sudadera y zapatos planos de cuero.

A continuación, se fue a buscar a Jacob, esperando que la dejara quedarse. Lo encontró sentado en el sofá, delante de la tele, con los pies descalzos encima de la mesita.

–Qué rápida –observó él y se puso en pie al verla llegar–. Siéntate.

En el entorno del salón, parecían más un hombre y una mujer que médico y paciente.

–¿Qué haces para divertirte? –preguntó ella con curiosidad.

–Leo revistas médicas. Y voy a pasear por la montaña con mis hermanos.

–¿Eso es todo?

–¿Qué esperabas? –repuso él, frunciendo el ceño–. No me gustan las fiestas. Por eso, tal vez no sea buena idea que finja ser tu novio.

–Jeremy Vargas me contó que tienes tres carreras universitarias. ¿Es verdad?

–¿Qué más da? –contestó él, tamborileando los dedos sobre el brazo del sofá.

–Eres muy inteligente, ¿a que sí? –continuó ella, se levantó y se sentó en el sofá junto a él, dejando solo unos centímetros de separación.

–¿Qué pretendes, Ariel? –inquirió él con desconfianza.

–Estoy reconsiderando mi proposición.

–¿Por qué?

–No estoy segura de qué puede hacer un tipo como tú todo el día en Antigua.

–¿Me dejarán estar en los rodajes?

–Si yo lo pido, sí.

–¿Tanto poder tienes?

–Podemos decir que sí.

–También tú me pareces bastante lista –observó él con una seductora sonrisa.

–No es lo mismo. Tú salvas vidas.

–Mis investigaciones ayudan a otras personas a salvar vidas. No tiene nada de glamuroso. Mucha repetición, revisar datos y rezar por encontrar algo importante algún día.

–¿En qué estás trabajando ahora? –preguntó ella,

acercándose un poco más. Tenía curiosidad por comprobar si él le marcaba límites. Aunque sabía que no se estaba comportando bien, no podía contenerse. Era un hombre muy guapo. E inteligente. Y más atractivo que ninguno de los que había conocido en muchos años.

Jacob ni siquiera pestañeó ante su acercamiento. ¿Acaso era inmune a sus encantos?, dudó ella.

–No soy el único, pero estoy tratando de encontrar una vacuna contra el cáncer.

–Vaya –repuso ella.

–¿Te molesta?

–Bueno, no me gusta pensar que estoy robándote tu tiempo cuando podrías estar salvando vidas.

–Estamos hablando de una investigación que puede llevar meses, tal vez, años, Ariel. Volviendo a tu preocupación inicial, no tienes que preocuparte por mí. Soy un hombre adulto. Tomo mis propias decisiones. Y sé cómo entretenerme.

–¿Haces ejercicio?

–Seguir el hilo de la conversación contigo es como intentar perseguir a un conejo en el bosque.

–Lo siento. Mi mente siempre salta de un tema a otro. ¿Me contestas?

–Nado en la piscina de Gareth –informó él, mirándola con desconfianza–. Camino por la montaña cuando estoy de humor. Corto leña para el invierno. ¿He aprobado?

–¿Aprobar?

–El examen. Me da la impresión de que me estás sometiendo a una especie de test.

–No seas ridículo –se defendió ella–. Solo pretendo decidir qué clase de hombre eres.

–¿Hay distintas clases?

–Claro que sí. Te he etiquetado del tipo generoso, tenaz y salvador del mundo.

Él se puso en pie. Era muy alto.

–Ven aquí, Ariel.

Ariel obedeció, llevada por la curiosidad. Cuando estaban frente a frente, Jacob le colocó el pelo detrás de las orejas. Estremeciéndose, ella levantó la barbilla y lo miró a los ojos.

–¿Qué quieres?

–Me pregunto lo buena actriz que eres. Si quieres que la gente crea que tú y yo somos pareja, tendremos que besarnos, al menos, un par de veces, ¿no?

–¿Quieres decir que estás considerando mi propuesta? –preguntó ella con la boca seca.

–Respóndeme, primero. ¿Tendríamos que besarnos alguna vez?

Ariel asintió despacio, sintiéndose fuera de juego.

–Sí –musitó ella–. Sería necesario y apropiado.

–Bueno, pues hagamos una prueba –sugirió él con una sonrisa.

Antes de que Ariel pudiera negarse o aceptar, Jacob la cubrió con sus labios.

Ella había besado a muchos hombres. Algunos sabían a salami o a tabaco. Otros eran agradables, pero sin nada de especial. Los que tenían algo que probar, solían inclinar el cuello hacia atrás, levantando la barbilla. Y, de cuando en cuando, había alguno que otro que sabía besar de verdad.

Sin embargo, el beso de Jacob escapaba a cualquier descripción posible. Sobre todo, porque Ariel tenía las neuronas a punto de explotar, le temblaban las rodillas y la cabeza le daba vueltas. Él la rodeó con sus brazos, atrayéndola contra su pecho con un movimiento decidido y posesivo, pero sin forzarla. La caricia de sus labios era sensual hasta la médula, aunque apenas la rozó con la lengua.

Para ser un primer beso, era perfecto, pensó ella.

Separaron sus bocas al unísono. Ariel dio un traspiés hacia atrás y se sentó. Se aclaró la garganta.

–Para ser una primera toma, no ha estado mal, doctor.

Él se cruzó de brazos, en silencio.

–¿Qué te está pasando por la mente?

–Lo haré –afirmó él.

–¿Por el beso?

–No. Porque, aunque no me guste admitirlo, me tienes pillado. No puedo dejarte ir sabiendo que, en cualquier momento, puedes caer enferma.

–No pareces muy contento. ¿Tan horrible ha sido besarme?

–Aclaremos una cosa. Te besaré cuando la ocasión lo requiera. Y lo disfrutaré, muy a mi pesar. Pero no iremos más lejos. Eres mi paciente.

–¿Quién ha dicho que yo quiera ir más lejos? –protestó ella–. ¿Es que te crees irresistible?

–Soy un hombre… y tú eres una mujer muy hermosa. Esas cosas pasan.

–¿Qué clase de cosas? –preguntó ella, divirtiéndose con la conversación.

–Eres mala –le reprendió él con desesperación y, al mismo tiempo, con una sonrisa de medio lado.

–Puedes seguir pensando que solo soy una niña, pero no es verdad. Hace mucho que no lo soy. He visto cómo mis sueños morían aplastados. No soy ninguna ingenua. Y llevo las riendas de mi vida. Una cosa es que te esté agradecida por ayudarme y otra bien distinta es que vaya a dejarme que me mandes.

–Cuando se trate de salud, yo tendré la última palabra. O no hay trato.

–No entiendo.

–Si te digo que duermas la siesta, dormirás la siesta. Si quiero que comas sano, eso harás. Me estás contratando para ser tu médico y tendrás que obedecerme.

A Ariel le dio un brinco el corazón. Sus modales dictatoriales, unidos a los vapores de aquel beso, la hicieron derretirse por dentro.

–Entonces, ¿trato hecho? –quiso saber ella.

–Puede que me haya vuelto loco, pero sí, trato hecho –respondió él.

Ariel quiso lanzarse a sus brazos y besarlo de nuevo. Pero se contuvo. Si a Jacob le gustaba el decoro y el sentido común, ella podía complacerlo.

–Gracias, doctor –dijo ella en voz baja–. Y, ya que estamos, déjame que te pregunte otra vez si puedo quedarme a pasar la noche.

Capítulo Tres

Jacob quería poder confiar en ella, pero sabía muy bien que aquella chica estaba jugando con él. Estaba tan acostumbrada a conseguir lo que quería que su petición sonó con una mezcla de inocencia y de inquebrantable autoconfianza.

Besarla había sido una prueba para él. Había querido saber a qué se enfrentaba antes de aceptar. Teniendo en cuenta la forma en que su cuerpo había reaccionado a ella, su respuesta debería haber sido un no rotundo. Pero, sabiendo el peligro en que Ariel se encontraba, no podía darle la espalda.

Jacob trató de poner en orden sus pensamientos. Era obvio que ella se había percatado de que lo atraía. Su erección lo había delatado durante el beso.

Lo más probable era que se estuviera riendo de él, pensó. No debía de ser el primer hombre que se rendía a los encantos de Ariel Dane. Ni sería el último.

–Claro –afirmó él con concisión–. Tengo sitio de sobra. Pero te irás mañana, ¿verdad?

Ella asintió.

–Tengo que hacer muchas cosas en casa y prepararme para el viaje. Supongo que tú, también.

–Así es. Para empezar, tengo que pensar cómo voy a explicar a mi familia mi repentino viaje al Caribe.

–¿Por qué? ¿No puedes decir que son vacaciones sin más?

–Yo no me voy de vacaciones nunca.

–Ya se te ocurrirá algo, entonces –apuntó ella y miró nerviosa a su alrededor. Una muñeca Barbie tirada detrás de una silla llamó su atención. La recogió–. ¿Esto lo usas en tus investigaciones?

–Tengo una sobrina pequeña –explicó él–. Cammie debió dejársela aquí la última vez que estuvo en mi casa.

–¿Cuántos años tiene?

–Cinco. Acaba de empezar la escuela infantil. Estamos locos con ella –señaló él y se fijó en la expresión de nostalgia de Ariel–. ¿Tú quieres tener hijos algún día?

–Es duro criar hijos en Hollywood –comentó ella, dejando la muñeca sobre la mesa.

–Alguna gente lo hace.

–No creo que yo pudiera. Tengo demasiados malos hábitos, demasiados defectos. ¿Qué clase de ejemplo sería yo?

Jacob la observó con atención, tratando de leer entre líneas.

–La idea de la madre perfecta es un mito.

–Eso lo dices porque no conoces a mi madre.

–Quizá, algún día.

–Lo dudo –repuso ella y volvió a meterse en su papel de estrella de cine–. Tengo hambre. ¿Sabes cocinar?

–Solo un poco. Podemos ir a la casa principal y cenar con mi familia. Puedo inventarme alguna excusa que explique tu presencia aquí.

–Mejor, no –señaló ella, sin ocultar su incomodidad–. Seguro que son encantadores, pero me harán preguntas sobre el cine y estoy…

–¿Estás…?

–No lo sé. Estoy cansada. Además, me gusta tu casa. Es muy tranquila. ¿Tienes despensa?

Una vez más, ella se salía por la tangente, observó él para sus adentros.

–Sí, pero no estoy seguro de si está muy llena –contestó Jacob.

–Vamos a ver. Será divertido.

Jacob se levantó y la llevó a la cocina. Su prima Annalise había contribuido a su diseño. Los electrodomésticos eran de última generación y los mostradores de granito negro y gris. Él casi nunca pasaba tiempo allí. Era más fácil subir a la casa principal cada vez que tenía hambre.

Ariel se detuvo, en jarras, mirando a su alrededor.

–Es bonita. Unos cuantos paños de cocina podrían darle color. ¿Por qué tienes una cocina tan completa si todos coméis juntos en el castillo?

–No siempre comemos allí. Mis dos hermanos se han casado y suelen pasar más tiempo en sus casas. Y mis primos y yo nos presentamos allí según nos parece. Gareth y Kieran suelen ir con sus novias de vez en cuando. Mi tío y mi padre siguen una política de puertas abiertas.

–Pobre chef. Planear las comidas debe de ser una pesadilla.

Jacob nunca había pensando en eso.

–Los cocineros reciben un buen sueldo –comentó

él a la defensiva. De nuevo, Ariel lo había puesto en evidencia. Al parecer, ella estaba más al tanto del punto de vista de los demás que del suyo propio.

–Al menos, aquí hay un poco de color –observó ella, señalando los cacharros de cobre colgados de la pared.

–Podría buscar una bandeja azul en el cajón, si eso te hace sentir mejor.

Ella lo ignoró y abrió las puertas de la despensa.

–Prepárate, doctor –advirtió ella y le lanzó un paquete de harina.

Jacob lo agarró al vuelo y, por suerte, estuvo mejor preparado cuando le tocó el turno a las latas de melocotón y moras. El lanzamiento de comida continuó hasta que se vio obligado a hacer malabarismos con unas cuantas hortalizas. Lo colocó todo sobre la encimera.

Al fin, Ariel quedó satisfecha. Entonces, empezó a agacharse para buscar en los armarios. Habría sido mejor que Jacob no la hubiera observado hacerlo. Su trasero en forma de corazón se delineaba a la perfección contra el tejido de algodón de los vaqueros y él tuvo que hacer un esfuerzo supremo para no ponerle las manos encima.

–¿Puedo preguntarte qué tienes en mente? –quiso saber él, cruzándose de brazos.

–Tortitas de frutas. Son mi especialidad. Y beicon, si tienes.

A Jacob se le hizo la boca agua y, por un instante, su estómago le ganó la partida a sus instintos sexuales.

–No tienes que cocinar para mí. Tenemos treinta o cuarenta empleados para hacerlo.

Ariel puso una sartén sobre el fuego y sacó mantequilla y beicon de la nevera.

–Me gusta que me sirvan como a cualquiera –admitió ella–. Pero es agradable estar solos, ¿no te parece? –añadió–. Siéntate y habla conmigo.

–Esta es mi casa –protestó él, tras digerir su orden.

–¿Y qué? Tranquilo, doctor. ¿Cómo te gusta el beicon?

–Muy tostado –respondió él y lanzó un suspiro de resignación.

Charlaron mientras Ariel preparaba la comida. Aunque parecía una conversación superficial, algo en la voz ronca de Ariel hacía que hasta el comentario más banal sonara como una invitación a la cama.

–¿Tienes relaciones con casi todos tus compañeros de reparto? –preguntó él con brusquedad.

Ella se quedó paralizada con la espumadera a medio camino de la sartén.

–¿Cuál es tu definición de relación?

–Ya sabes a lo que me refiero.

Ariel sacó la segunda tortita, la puso en un plato y le lanzó una mirada heladora.

–¿Es que vamos a hablar de nuestras vidas sexuales? He oído que los médicos tienen mucho éxito con las mujeres. Debes de tener muchas aventuras a tus espaldas –comentó ella–. ¿Zumo de naranja?

La yuxtaposición de su pregunta prosaica con el delicado tema de conversación dejó a Jacob en silencio. La siguió a la mesa. Se dio cuenta de que Ariel no pensaba responderle y, aunque debería avergonzarse de haberle hecho una pregunta tan entrometida, quería conocer la respuesta. Se dijo a sí mismo que esa información podía ser importante para su informe médico, pero lo cierto era que estaba muy celoso.

Y furioso, para ser honestos. Ariel había saltado en numerosas ocasiones a la primera página de las revistas de cotilleos por sus excesos e imprudencias.

Ella le había dicho que no bebía y Jacob no había encontrado evidencias de uso de drogas. Pero había estado con muchos hombres. Uno de ellos, incluso, había sido lo bastante mayor como para ser su padre. ¿Acaso su madre no había podido protegerla de todos lo predadores que, sin duda, la rodeaban?

De acuerdo, predador era una palabra un poco exagerada. Sin embargo, a Jacob le dolía el estómago solo de pensar en todos los modos en que podían haberse aprovechado de ella. Pero lo peor de todo era que él mismo ansiaba tenerla en la misma posición.

Lo único que podía salvarle era resistirse a la tentación y centrarse en cuidarla. La observó mientras comía. Ariel Dane era una verdadera obra maestra de belleza.

Sus ojos hubieran bastado para convertirla en una de las mujeres más hermosas. Pero también estaba su luminosa piel, su perfecta estructura ósea y cuerpo esbelto... era un compendio de belleza y elegancia femenina.

–Deja de mirarme así.

–Difícil. Eres una mujer impresionante. Estaba

muy rico –la felicitó él, tras terminarse su plato–. Gracias, Ariel.

–El mérito es de mi madre –repuso ella, radiante–. Me enseñó a cocinar cuando tenía diez años.

Ariel se levantó para recoger la mesa.

Jacob la contempló con empatía. Suspirando, siguió a Ariel al fregadero.

–Déjalo –dijo él con firmeza mientras ella empezaba a lavar los platos.

–Me han enseñado a limpiar lo que mancho.

–No insistas, Ariel –ordenó él y le quitó la bayeta de la mano–. Otra persona lo hará. Tienes cara de cansada. Ponte el pijama. Lee un libro. Llama a tu madre. Hoy ya no tienes que hacer nada más.

A ella no le gustaba que le mandaran, eso estaba claro. Sin embargo, tal vez, se estaba quedando sin fuerzas, porque obedeció.

–Gracias por tu hospitalidad –dijo ella, tensa–. ¿Estarás aquí cuando me vaya por la mañana?

–Sí –afirmó él, pensando que para conseguirlo iba a tener que cancelar una reunión en la Universidad de Charlottesville–. ¿A qué hora sale tu avión?

–A mediodía.

Jacob la acompañó a la puerta del dormitorio que la había asignado.

–¿Necesitas algo?

–No –negó ella con aspecto de estar agotada–. Buenas noches, doctor –se despidió con una débil sonrisa.

–Buenas noches, Ariel –repuso Jacob y tuvo que hacer un gran esfuerzo para irse y cerrar la puerta tras él.

***

Ariel no tenía sueño. En su ciudad de origen era solo media tarde. Jacob Wolff había querido deshacerse de ella.

Se lavó los dientes y se puso un camisón de seda antes de meterse en la cama. En la televisión por satélite estaban poniendo dos películas suyas. Cambió de canal con rapidez, haciendo una mueca. Le resultaba una tortura verse en la gran pantalla.

A pesar de que había muchos canales, ninguno consiguió llamar su atención.

Se había leído el guion de la nueva película una docena de veces y todavía tenía una semana entera más para preparárselo. Después de una larga llamada a su madre, seguía todavía muy despierta.

Buscó en su maleta unas zapatillas de correr y calcetines. Se quitó el camisón y se puso, de nuevo, los vaqueros.

Su dormitorio tenía un balcón que daba a un patio. No iba a molestar a Jacob. Sin duda, él estaría dormido ya, pensó y salió al exterior.

Tenía un buen sentido de la orientación. Por eso, se atrevería a explorar un poco. No iría hacia el castillo, pues podía ser descubierta. Prefirió dirigirse a la izquierda, subiendo y subiendo entre los árboles, hasta que se detuvo de golpe, asustada.

Ante sí, tenía una peligrosa pendiente, apenas visible en la oscuridad de la noche. La tierra cedía bajo sus pies. Jadeante, se agarró a un árbol para no caerse.

Miró a su alrededor. El espectáculo era magnífico. Los sonidos del bosque la envolvían. No tenía miedo. También ella era un animal salvaje, pensó.

Allí, el tiempo perdía todo significado. Inhaló el aroma de los pinos, llenándose los pulmones de aire puro.

Apoyó la mejilla en el tronco del árbol al que se había agarrado, sintiendo el duro contacto de su corteza. Aquello sí que era una experiencia espiritual, se dijo. Real. Su existencia estaba llena de actuaciones, de ilusión. Pero, a veces, era agradable recordar que el mundo era más grande que lo que Hollywood tenía que ofrecer.

Deseaba saber lo que tenía delante, pero la negrura de la noche se lo impedía. Pensó en quedarse allí, abrazada al árbol, hasta que amaneciera y, así, poder desvelar el misterio que tenía ante sí.

Mientras ponderaba sus opciones, una voz masculina detrás de ella rompió su calma.

–¿Estás loca? –la reprendió Jacob, jadeante, irradiando calidez y seguridad de su fuerte cuerpo.

–No pretendía despertarte. No podía dormir.

–¿Querías tirarte por el precipicio?

–Tengo mucho cuidado –se defendió ella.

–Ariel, estás a un metro de una caída de doscientos metros de altura.

Vaya, pensó ella.

–Estoy bien. No te preocupes tanto.

Ariel notó cómo él se controlaba para no estallar. La agarró, separándola del árbol.

–Pisa con cuidado. Date la vuelta.

–Me gusta estar aquí. No quiero irme –repuso ella, aferrándose de nuevo al tronco.

–Soy tu médico. Estás helada y tiemblas. Ven aquí.

–¿O qué?

–O no hay trato.

–Eso es chantaje.

–Lo tomas o lo dejas.

Ariel estaba cansada y helada, pero iba contra sus principios dejarse mandar de esa manera.

–Quizá, lo del trato haya sido una estupidez.

–¿Por qué? –preguntó él, malhumorado.

–Porque no debería sacarte de tu montaña. Es parte de ti.

–Deja que yo me ocupe de mi vida. Tienes tus propios problemas –replicó él y le frotó los brazos para calentárselos–. Dame la mano.

Sin pensar, ella le dio la mano y se dejó llevar.

Cuando estuvieron a salvo del precipicio, Jacob se dirigió a la casa, casi arrastrándola con él.

–¿Por qué tanta prisa? –protestó ella, deteniéndose–. Me gusta estar aquí fuera... contigo.

Jacob se detuvo con tanta brusquedad que Ariel se chocó con él. De forma instintiva, la rodeó de la cintura. Ella se sumergió en su calor. Hacía un frío terrible en la montaña.

–No juegues conmigo –le advirtió él, poniéndose tenso–. No soy uno de tus amiguitos de Hollywood.

–¿Qué quieres decir?

–Puedes que estés acostumbrada a acostarte con todos los tipos que conoces, pero ese no es mi estilo.

Ariel se apartó con un respingo.

–Eres un cerdo. ¿Qué te hace pensar que quiero acostarme contigo?

–Hay algo entre nosotros. No son imaginaciones mías –afirmó él en voz baja–. Eres sexy y me estás lanzando una invitación que casi ningún hombre podría rechazar. Pero voy a ayudarte, pues no quiero complicaciones. Ariel. No necesitas que todos los hombres del universo se rindan a tus pies.

–Lo que dices es horrible –le espetó ella y lo empujó, haciéndole dar un traspié. Avergonzada y furiosa, se quedó callada. Sin embargo, de pronto, le aterrorizó pensar que él hubiera cambiado de idea–. Lo siento –gritó–. Sacas lo peor de mí. Por favor, no te enfades. Tengo muy mal humor.

–Ya lo veo –refunfuñó él.

Ella lo rodeó con sus brazos, presa del remordimiento.

–Lo siento. Prometí seguir las indicaciones del médico. Y lo haré, lo juro –aseguró ella y, como él no respondía, se puso de puntillas y lo besó.

Los labios de Jacob no se inmutaron.

–¿Me perdonas? –repitió ella, nerviosa por su silencio–. Di algo –gritó.

–¿Alguien es capaz de negarte algo? –preguntó él, la tomó entre sus brazos y la besó–. Un día –murmuró contra su boca–. Solo ha pasado un día y ya me tienes loco –añadió y deslizó la lengua entre los labios de ella–. Ábrete para mí, Ariel.

Ella obedeció al instante y gimió cuando él le mordisqueó el labio. Su cuerpo se derritió y le temblaron las rodillas.

Jacob Wolff podía parecer un hombre de ciencia, un académico excepcional. Pero, detrás de esa fachada, era un hombre rebosante de virilidad. Estaba excitado y hambriento, dispuesto a darle una lección.

El beso no terminaba nunca y Ariel estaba cada vez más caliente.

–Jacob –jadeó ella–. Oh, Jacob.

Ignorando su plegaria, él le agarró del trasero, apretándola contra su cuerpo. Ella sintió su dura erección, mientras sus lenguas se entrelazaban con frenesí.

Estaban alcanzando el punto de no retorno. Ariel, envuelta en los vapores del deseo, se dio cuenta de que debía ser ella quien echara el freno. Por eso, aunque le hubiera gustado dejarse llevar, pensó que era mejor defender su compostura y su decencia.

–No quieres esto –dijo ella, posando la mano en su pecho para apartarlo–. Para. Ahora.

–Claro que no –repuso él, sin soltarla.

Ariel supo que convertirse en amante de aquel hombre sería, sin duda, una experiencia inolvidable. Pero él era un hombre íntegro. Y ella lo necesitaba para que la cuidara.

–Déjame, Jacob –pidió ella, tocándole la mejilla con suavidad–. Suéltame.

Él se estremeció y la soltó.

–No sé qué pensar de ti, Ariel Dane –señaló él en voz baja y confusa–. ¿Eres una princesita malcriada o una niña ingenua?

Ella tomó aliento y, perpleja, reconoció para sus adentros que ese hombre podía llegarle al corazón.

Y hacerle daño.

–¿Y si no soy ninguna de las dos cosas? Las cosas no son blancas o negras. Existe una amplia gama de grises –replicó ella con un nudo en la garganta–. Quizá podemos empezar de cero.

–Hemos llegado demasiado lejos para eso. Pero te he hecho una promesa y pienso cumplirla.

–¿Aunque sea una promiscua caprichosa?

–¿Es lo que eres?

–Parece que eso crees tú. No seré yo quien te saque de tu engaño –se defendió ella y se cruzó de brazos, tiritando–. Es tarde. Voy a volver a la casa. Por favor, no te sientas obligado a verme por la mañana. Creo que es mejor que mantengamos las distancias.

–¿Es eso lo que quieres?

–No siempre podemos tener lo que queremos –respondió ella–. Buenas noches, doctor.

Capítulo Cuatro

Diez días después, Jacob estaba en la pista, observando como un mozo cargaba el equipaje de Ariel en el jet privado de los Wolff. Ella había tenido la idea de que viajaran juntos y por separado del resto del equipo.

En realidad, era más fácil para ella y mejor para su salud, porque así podía evitar a las legiones de fans que solían perseguirla y porque el jet privado de su familia era mucho más cómodo que cualquier línea comercial, aun volando en primera clase.

Ariel se había puesto tacones altos de color rojo, un vestido ajustado de color negro, gafas de sol de diseño y un sombrero de paja con plumas de avestruz.

Jacob no recordaba cuándo había sido la última vez que había visto a una mujer llevar sombrero. A Ariel le quedaba de maravilla.

Una vez acomodados en la cabina, ella lo ignoró, centrando la atención en su iPhone. Se había quitado el sombrero y lo había dejado en el asiento a su lado.

Jacob apartó el complemento y se sentó a su lado. La mayoría de la gente se quedaba impresionada cuando veía por primera vez el interior del lujoso jet de los Wolff. Ariel apenas había posado los ojos en los enormes asientos ni en el carrito con deliciosas viandas que les había acercado el azafato.

–Me alegro de verte, Ariel –dijo él, tirándole del brazo para llamar su atención–. ¿Cómo te encuentras?

–Muy bien, gracias –repuso ella, levantando la vista un momento de su iPhone.

Su frialdad hubiera bastado para congelar a cualquiera, pensó Jacob.

–Si quieres que crean que somos novios, es mejor que moderes tu hostilidad.

–Podría ser una pelea de novios. Es normal.

–Habla conmigo –pidió él, acariciándole la muñeca–. Háblame de la película. ¿Cómo se titula?

Al fin, Ariel dejó el teléfono. Se soltó de la mano de él.

–*Marea creciente* –contestó ella–. Está basada en una historia real que ocurrió durante la presencia británica en Antigua en el siglo dieciocho. Mi personaje, Viola, es la *madama* de un burdel de lujo que ofrece sus servicios a los oficiales y a los ricos propietarios de plantaciones. Fue educada en Inglaterra pero, cuando murió su esposo, los hijos de él la echaron. Ella robó algo dinero, se ocultó en un barco y terminó en el Caribe.

–¿Y cómo sigue?

–Viola reúna a una docena de nativas jóvenes, las toma bajo su tutela y las convierte en prostitutas de élite. Sin embargo, ella nunca vende su propio cuerpo. Uno de los oficiales de alto rango de la armada desea poseerla y la amenaza con cerrar el negocio si no consiente ser su amante. Al final, se enamoran, pero ninguno de los dos quiere admitirlo, pues lo consideran una debilidad. Son amantes y, al mismo tiempo, adversarios.

–¿Qué pasa al final?

–Viola se queda embarazada, pero el oficial ha sido destinado a Inglaterra, donde va a recibir un ascenso. Él le ruega que lo acompañe, sin embargo, ella no quiere enfrentarse a la puritana sociedad británica, sabiendo que siempre le perseguiría la sombra de sus actividades ilícitas en Antigua. En la víspera de la salida del barco del oficial, Viola se pone de parto, pierde al bebé y muere en sus brazos.

Jacob se encogió.

–Vaya. No tiene nada de comedia romántica.

–No. Pero las películas divertidas no suelen recibir muchos Oscar. Cuanto más triste, mejor. Y, si está basada en un hecho real, es más probable que tenga éxito.

–¿Y crees que tienes una oportunidad de ser nominada?

–Nunca se puede saber seguro, pero esta es mi mayor oportunidad para romper con el papel de rubia tonta que siempre represento.

–Nadie cree que seas tonta –repuso él, haciendo una mueca. Como ella no respondió, le tomó la mano–. Debería haberte llamado hace tiempo.

–¿Por qué? –preguntó ella con desconfianza.

–Para disculparme. Siento haber insinuado que te acuestas con cualquiera –afirmó él en voz baja–. Fue un recurso fácil.

Ella se removió en su asiento, inquieta, soltándose de su mano, como si no pudiera soportar que la tocara.

–No es la primera vez que me acusan de eso.

–De todas maneras, lo siento de corazón.

Ariel lo miró de arriba abajo antes de posar los ojos en la ventana y sumirse en un silencio distante.

Jacob sabía que se merecía que estuviera enfadada. Había sido una acusación sin fundamento. Pero aquella noche en el bosque, cuando Ariel lo había abrazado con su irresistible sensualidad, él había tenido que luchar para recuperar la compostura. Había sido un milagro que no le hubiera hecho el amor allí mismo.

Pero había estado cerca, muy cerca. Por eso, Jacob había tenido que mantener las distancias. Ella parecía muy sola y vulnerable y quería ayudarla. Aunque le daba la sensación de estar pisando arenas movedizas.

Como Ariel no quería hablar, Jacob decidió hacer algo de trabajo. Sacó el artículo que tenía que leer del maletín.

La tarde había caído cuando iban a aterrizar en el pequeño aeropuerto a las afueras de San Juan, la capital de la ciudad. Jacob había visitado el Caribe en un par de ocasiones para dar conferencias sobre medicina, pero no había estado nunca en Antigua.

Se acercó a la ventana para contemplar la isla, pintada de exuberante vegetación y arena blanca en medio del océano azul.

–Parece una postal –comentó él, percatándose

del modo en que Ariel se hundía en su asiento. La había tocado sin querer cuando se había inclinado hacia la ventana.

–Deja de acaparar las vistas –protestó ella, apartándose.

Con una sonrisa, Jacob se recostó en su butaca. Ella pegó la nariz a la ventana. Parecía emocionada.

–Mira la costa. Está desierta –comentó ella, señalando una prístina bahía. Dicen que la isla tiene una playa para cada día del año.

–Quizá podamos explorar en el tiempo libre.

–¿Tiempo libre? –replicó ella, mirándolo con cara de pena–. Tienes mucho que aprender.

Desembarcaron y pasaron la aduana en menos de una hora. Fuera del modesto edificio de la terminal, les estaba esperando una ranchera blanca. Una mujer esbelta y de piel clara les hizo señas con ansiedad y comenzó a acercarse hacia Ariel.

–Bienvenida a Antigua –saludó la mujer, sin aliento–. Soy su asistente personal, Harriet Logan. Iremos directos al hotel, si está lista.

Harriet ignoró a Jacob por completo, centrándose de lleno en Ariel. Era una mujer de unos treinta y pico años, con una larga trenza que le llegaba a la cintura y gruesas gafas de pasta.

Ariel le tendió la mano con una débil sonrisa.

–Hola, Harriet. Me alegro mucho de conocerte.

Harriet parpadeó, tal vez, sorprendida por lo afable que se mostraba la superestrella de la gran pantalla. Se quedó callada un momento, dudando cómo responder.

–He pagado a un mozo para que se ocupe de sus maletas. ¿Quiere algo de beber en el coche?

–¿A qué distancia está? –preguntó Ariel, bostezó y se frotó los ojos como una niña somnolienta.

–A veintinueve minutos.

–¿Ni veintiocho ni treinta? –replicó Ariel, sonriendo–. Debes de ser muy buena en tu trabajo –bromeó.

La asistente titubeó, insegura.

–¿Entonces quiere algo de beber?

–No, gracias. Tomaré algo en el hotel –respondió Ariel, tomó de la mano a Jacob y lo atrajo a su lado–. Este es mi novio, Jacob.

–Lo siento mucho –se disculpó Harriet, sonrojándose–. No me había dado cuenta de que viajaba acompañada. No lo tenía en mis notas –explicó, revisando nerviosa su plan del día–. Bienvenido, señor…

–Wolff. Jacob Wolff –se agachó para recoger del suelo un par de notas adhesivas que se le habían despegado del papel–. No te preocupes, Harriet. Voy a ver si están todas nuestras maletas.

Mientras Ariel se metía en el coche, dejando al descubierto una de sus largas piernas, Jacob echó un rápido vistazo al maletero y comprobó que estaba todo.

Harriet se sentó delante del volante, arrancó y salió con un acelerón que hizo que sus pasajeros se aplastaran contra el respaldo.

–Lo siento –dijo Harriet–. Enseguida empezará a funcionar el aire acondicionado –indicó y condujo con gran concentración, aferrada con fuerza al volante.

Ariel se limpió el sudor de la frente.

–No había *paparazzi.* Menos mal. Brad y Angelina deben de estar haciendo algo interesante esta semana. Recuérdame que les mandé una nota de agradecimiento –bromeó ella y se inclinó hacia delante, tocándole en el hombro a Harriet–. ¿Qué plan tenemos para hoy?

–Conocer al equipo del rodaje y una fiesta en el comedor del hotel a las ocho –contestó Harriet, sin pestañear–. Tiene que estar mañana lista a las cinco de mañana. Rod le pondrá al corriente de cómo van a empezar.

Ariel arrugó la nariz, pero no protestó. Jacob no se quedó tan tranquilo como ella. ¿A qué hora iba a tener que levantarse para estar preparada? Pero, al parecer, eran gajes del oficio.

–¿Rod? –preguntó él.

–Rod Brikman, el director –explicó ella–. Es una leyenda. Estoy muerta de miedo.

–¿Quién es el otro protagonista?

–Un chico del que no has oído hablar... John England. Es su primera gran película. Va a ser un desastre.

–¿Qué quieres decir?

–Solo ha hecho algunos anuncios y papeles cortos en teleseries. Hizo una prueba para la película y lo contrataron. Al parecer, era justo lo que el director buscaba. Además, le pagarán una basura, lo que les viene bien, pues mi sueldo les ha dejado sin presupuesto para más.

Jacob frunció el ceño, pensando que la Ariel Dane

que tenía delante no tenía mucho que ver con la joven frágil y desvalida que había ido a verlo a la montaña Wolff. Allí, en su ambiente, parecía una mujer llena seguridad y madurez.

Cuando el coche entró en el aparcamiento de un centro turístico de lujo, Jacob miró a su alrededor con interés. El lugar tenía un cierto encanto decadente. Solo tenía dos pisos y rodeaba una piscina con forma de perla y frondosos jardines.

–No va a quedarse en el hotel principal, señorita Dane –informó Harriet, tras parar el motor–. El señor Brikman ha reservado una villa delante del mar para usted –señaló y se interrumpió, sonrojándose–. Y para usted también, por supuesto, señor Wolff.

Ariel rodeó a Jacob con sus brazos y le plantó un beso en la boca.

–Jacob y yo estamos impacientes por conocer esa villa, ¿verdad, cariño?

Rígido por la sorpresa y por su creciente excitación, Jacob respiró hondo. Al instante, ella lo soltó para salir del coche y él se dio de bruces con la realidad. «Solo está actuando. Entérate», se dijo a sí mismo.

Sintiéndose como un tonto, salió también. Fuera, le recibió el aroma a sol y a coco.

Cuando iba a tomar las maletas, Harriet le dio una suave palmadita en la mano.

–No, no, no. Déjelas. Haré que alguien les conduzca a su alojamiento y les lleven las maletas enseguida.

De camino a la villa, tres o cuatro empleados del

hotel se acercaron a Ariel, que los respondió con encanto y humor, firmando autógrafos y charlando con ellos.

Jacob estaba cada vez más confundido. ¿Quién era la verdadera Ariel Dane? ¿Esa exótica criatura que se tomaba la adulación como lo más normal del mundo? ¿La mujer sexy y cercana que hacía que su cuerpo bullera de deseo? ¿O la pequeña perdida que había renunciado a su infancia para realizar su sueño?

Harriet los condujo a una casita decorada en tonos azul océano y blanco. Tenía una cama de matrimonio. Y, en frente, un enorme cuarto de baño con *jacuzzi*.

–Tienen una cocina equipada por aquí –indicó Harriet–. Internet funciona bastante bien, si no llueve. Hay servicio de limpieza diario, por supuesto, pero si necesitan algo mientras, el jefe me ha pedido que les dé su tarjeta. Además, tiene su equipo personal de peluquería, maquillaje y vestuario –informó y levantó la vista de sus papeles–. ¿Me he olvidado algo?

Ariel se quitó el sombrero y lo lanzó a una silla.

–Creo que está todo, Harriet. Tómate tiempo libre y disfruta en la piscina. El señor Wolff y yo vamos a… descansar.

Harriet pareció escandalizada, aunque Jacob no supo adivinar si era por la primera parte de la frase de Ariel o por la segunda.

–Oh, no, señorita. Tengo mucho que hacer. No les molestaré, pero llámenme si les hace falta algo.

Las maletas llegaron en ese momento. Minutos después, Harriet salió, seguida del sonriente mozo al que Ariel acababa de darle un puñado de billetes de propina.

La casita se quedó en silencio.

Ariel se quitó los zapatos, se soltó el pelo y se dejó caer sobre el colchón. Entonces, lo miró con gesto travieso.

–¿Qué lado de la cama prefieres?

Ariel estaba muy nerviosa, aunque intentaba ocultarlo. La expresión de Jacob era indescifrable. ¿Estaría impresionado por el alojamiento? Tal vez pensaba que era una princesita malcriada.

–Di algo –le urgió ella.

–No les dijiste que iba a venir, ¿verdad? –preguntó él, cruzándose de brazos.

De pronto, ante su intensa mirada de desaprobación, a Ariel le pareció que todo el oxígeno se esfumaba de la habitación.

–No tenía por qué –se defendió ella, tratando de no sentirse intimidada–. Puedo traer a quien quiera. Y da lo mismo, además. Todas las villas del complejo tienen camas de matrimonio y sitio de sobra. A mí no iban a alojarme en el hotel.

–¿Porque eres la estrella?

–Sí –repuso ella, encogiéndose de hombros.

Entonces, sonó el móvil de Ariel. Ella se sentó y respondió al momento.

–Hola, mamá. Sí, estoy sana y salva. Sí, está conmigo. ¿Cómo te ha ido el día? ¿Funciona la nueva medicación?

Charló con su madre unos minutos más y, cuando colgó, se giró hacia Jacob, que seguía mirándola con intensidad.

–¿Cómo está?

–Bien, supongo. No quiere preocuparme, así que nunca se queja conmigo. Los médicos no nos han hecho ninguna promesa, sin embargo.

–Yo sé lo duro que es perder a alguien –afirmó él con una sombra en la mirada.

–¿Tu madre?

–Era muy pequeño cuando ella murió, apenas recuerdo nada. Pero...

–¿Pero qué? –preguntó ella, conmovida al darse cuenta de que Jacob se estaba ofreciendo a compartir con ella un pedazo de su intimidad.

–Una compañera de la carrera tenía cáncer. Ella era... –comenzó a decir él y se detuvo de golpe–. No importa. No debí sacar el tema. No tiene un final feliz.

Ariel se levantó de la cama y se acercó a él.

–Lo siento, Jacob –lo consoló ella y le dio la mano.

–Ser médico puede ser tanto una bendición como una maldición –comentó él, apretándole la mano–. Al principio, crees que vas a poder salvar el mundo o, al menos, a las personas que te importan. Pero, según pasa el tiempo, te das cuenta de que todo tu conocimiento y experiencia no sirven para nada en ocasiones.

A ella se le encogió el corazón al percibir el hondo pesar que invadía a Jacob.

Por otra parte, empezó a comprender por qué él había aceptado ayudarla. Lo más probable era que estuviera traumatizado por las pérdidas del pasado, por no haber podido hacer nada para ayudar a sus seres más queridos: su madre, su amigo y... ¿su novia?

Ella no quería ser una carga para él. Ni podía soportar que la viera solo como una obligación. Queriendo consolarlo, se puso de puntillas y le dio un beso en la mejilla.

Jacob se quedó rígido ante el contacto de sus labios.

–¿Esperas que durmamos los dos en la misma cama? –preguntó él con ojos brillantes de deseo.

Ella le limpió una mancha de carmín de la mejilla.

–El colchón es muy grande. ¿Qué tiene de malo?

Fuera, resonaba el sonido de las olas y la risa de una mujer. El aire estaba impregnado de deliciosos aromas.

Jacob tomó el rostro de ella entre las manos, bañándola con su cálido aliento.

–Soy un hombre, Ariel. Lo que me pides es injusto, si no imposible –afirmó él sin rodeos–. Lo haré porque mido un metro noventa y no puedo aguantar varias noches durmiendo enroscado en un sofá. Pero tienes que prometerme algo.

–¿Qué?

–Tienes que comportarte. Nada de andar por ahí en salto de cama. Ni de coquetear. Nada de contacto físico, más allá del necesario para hacer que esta farsa sea creíble ante los demás.

Ariel posó las manos sobre las de él.

–Eres tú quien me está tocando ahora –indicó ella, sin aliento, y se acercó un poco más. Entonces, reparó en lo largas que eran sus pestañas y en esos hermosos ojos, que a veces parecían verdes y, otras, grises como una tarde de lluvia.

–Para ti es algo natural, ¿verdad? –la acusó él, apretando la mandíbula.

–Nadie te está apuntando con una pistola –se defendió ella, ansiando probar de nuevo sus besos–. Puedes soltarme cuando quieras –añadió. Provocarlo estaba empezando a convertirse en un hábito.

–Maldita seas –murmuró él.

Sus cuerpos se amoldaban el uno al otro a la perfección. Y Jacob la envolvió en un beso feroz, hambriento. ¿Quién iba a decir que el reservado Jacob Wolff era capaz de unas demostraciones tan apasionadas?

El tiempo dejó de existir. Él le tocó los pechos y ella gimió, deseando poder arrancarse el vestido para sentir su contacto piel con piel.

La chispa prendió entre ellos, desatando un incendio imposible de extinguir. Sin embargo, Jacob fue capaz de echar el freno.

Era un hombre con una fuerza de voluntad extraordinaria, pensó ella, mientras él separaba sus bocas con lentitud.

–No puedes echarme la culpa a mí de este beso –señaló ella, frustrada y embriagada al mismo tiempo.

–Ve a ponerte el maldito bañador –rugió él–. Tal vez el agua nos refresque un poco.

Ariel se cambió en el dormitorio principal, mientras él lo hacía en la salita. Al mirarse al espejo, ella se avergonzó. Tenía los pechos hinchados y los pezones erectos por las caricias de él.

Sin saber muy bien cómo, una poderosa atracción se había despertado entre ellos, se dijo Ariel. E iba a ser difícil de mantener a raya.

Aunque sabía que Jacob pensaba que estaba jugando con él. La verdad era, sin embargo, que ella no había ido más en serio en toda su vida. Necesitaba al médico. Y deseaba al hombre. Encima, había otra cosa más que no quería reconocer del todo. Nunca antes había conocido a nadie como Jacob. A veces, ella tenía ganas de derrumbar su escudo de granito. Y, en otras ocasiones, ansiaba refugiarse en su fuerza. Él le hacía sentir cosas en un lugar muy profundo del corazón… cosas que no había experimentado nunca antes.

Durante un momento, Ariel reflexionó si sería mejor enviarlo a casa y prescindir de sus servicios. Él había abandonado su rutina por ella y por su sentido del honor y la integridad. Pero era peligroso para ambos. Jacob no quería sentirse atraído por ella. Y ella no quería ser una obra benéfica para él. Estaban en un buen dilema.

Después de ponerse un batín sobre el traje de baño, metió unas cuantas cosas en su bolsa de playa y llamó a la puerta que la separaba de Jacob.

–¿Estás visible? –llamó ella con el corazón acelerado.

Jacob abrió la puerta.

–Yo, sí. Pero tú, no –observó él, mirándola de arriba abajo y posando los ojos en sus piernas. Suspiró–. Voy a ir a la piscina con una estrella de cine. Vas a ver cuando se lo cuente a mis amigos.

–No me hagas reír –se burló ella, pasando por delante de él, aliviada porque el tono de la conversación fuera más ligero–. Eres demasiado brillante e importante como para perder el tiempo alardeando con tus amigos.

Jacob cerró la puerta tras ellos y rodeó a su acompañante por los hombros.

–Te crees que lo sabes todo sobre mí, princesa. ¿Acaso te parezco aburrido? A veces, me suelto la melena.

–¿Cuándo? A mí me parece, más bien, que eres de los que se encierran en su laboratorio cuando buscan diversión. Admítelo.

–Igual. Cuando me emociono y los resultados apuntan en la misma dirección de mis pesquisas. Pero, quizá, es porque no tengo ninguna motivación para hacer otra cosa. No soy un tipo muy social, por si no te habías dado cuenta.

El paseo a la playa era muy corto. Sin embargo, con el brazo de Jacob alrededor del los hombros, a Ariel se le hizo interminable. Le costaba respirar.

–Creí que habías dicho que nada de tocarnos.

Él se detuvo, recogió una buganvilla magenta y se la colocó a ella detrás de la oreja.

–Estamos en público. Estoy haciendo mi papel de novio –le susurró él–. Como ahora.

Fue un beso fugaz. Sin duda, dirigido a dar el

pego ante posibles observadores. Sin embargo, a Ariel le caló muy hondo. Se tropezó cuando comenzaron a caminar de nuevo y tuvo que agarrarse al brazo de él para no caerse.

–Lo siento –murmuró ella, encogiéndose porque se había hecho daño en el tobillo.

–¿No podías haberte puesto un par de chanclas como todo el mundo? –le reprendió él.

Cuando llegaron, Jacob la soltó y extendió las toallas. Ariel se quitó las sandalias de tacón de cuña de corcho, que no eran nada prácticas, la verdad.

–La moda es lo primero en mi trabajo, doctor. No puedo ponerme cualquier cosa. Tengo que cuidar mi imagen.

–Siéntate antes de que te rompas una pierna –ofreció él, tendiéndole la mano–. Muestras tu talento en la pantalla. ¿Qué le importa a la gente lo que te pongas cuando no estás trabajando?

–Represento un papel detrás de las cámaras, igual que durante el rodaje –explicó ella y se arrodilló a su lado–. No es lo mismo, claro. Represento a mi propio personaje, pero tengo que cuidar mi ropa, llevar el pelo perfecto, accesorios de diseño... Cuando doy una buena imagen, todo el mundo gana. Mis películas tienen más éxito, las revistas del corazón publican fotos mías y mis fans creen que mi vida es perfecta.

–Parece mucho trabajo para nada –opinó él–. Pero tienes mejor aspecto. Creo que has ganado unos cuantos gramos. ¿Te estás tomando la medicina?

Ella asintió y se tumbó en la toalla, suspirando de satisfacción.

–He seguido las instrucciones del médico –murmuró Ariel y, cerrando los ojos, trató de ignorar el poderoso cuerpo masculino que estaba sentado a su lado.

El hotel había acordonado un pedazo de playa con una señal que rezaba: «Solo actores». Jacob había mirado la señal, pero no había comentado nada. ¿Pensaría que ella era una diva malcriada?, se preguntó Ariel. Ella intentaba hacer todo lo que podía para no caer en ese estereotipo. Sin embargo, necesitaba esa privacidad en la playa para poder disfrutar sin verse acosada por mirones y turistas.

Por suerte, el hotel era pequeño y estaba copado por los miembros del rodaje. Pero eso no impedía que alguien pudiera invadir la playa sin permiso. Ella había aprendido a ser muy celosa con su seguridad personal y su espacio privado.

Cuando oyó un suave ronquido a su lado, Ariel abrió un ojo. Aprovechó para contemplar aquel cuerpo tan masculino y atractivo. Solo llevaba un bañador negro y estaba imponente.

Tenía en el pecho vello negro. Su piel era más morena que la de ella. Y músculos perfectos contorneaban sus brazos y su torso. Ariel tuvo que contenerse para no tocarlo.

Para colmo, la fina tela de su bañador dejaba adivinar la forma de su miembro. A Ariel le llamaba la atención que un médico tan inteligente y culto pudiera desear a una mujer como ella. Pero los varones eran capaces de pasar por alto muchos defectos cuando querían sexo, pensó.

Por otra parte, aparte de la atracción innegable que bullía entre ellos, Jacob no era un muchacho inexperto que fuera a doblegarse a su voluntad. Ella admiraba su confianza y su integridad y, al mismo tiempo, se sentía un poco acomplejada a su lado.

Era increíble, también, que él hubiera aceptado su propuesta. Aunque sabía que se sentía atraído por ella, eso no era razón para que él cooperara, ya que le había dejado muy claro que no iban a tener relaciones sexuales.

El único motivo que podía haber era su instinto de curar y proteger, adivinó. Ella esperaba no tener una recaída. No quería que él la viera indefensa. Lo que quería era merecerse su admiración, su respeto.

Era un deseo muy sencillo y, tal vez, ingenuo. ¿Por qué iba a considerarla Jacob Wolff especial? Su aspecto no era mérito suyo. Y su talento delante de las cámaras no podía compararse a la profesión de Jacob.

Sin embargo, en el fondo de su corazón, quería que Jacob estuviera orgulloso de ella.

Pero no tenía muchas probabilidades de conseguirlo. Cuando Jacob viera la primera escena erótica de la película, igual, se sentiría excitado. Era posible que se sintiera ofendido. En cualquier caso, no iba a estar orgulloso. Los hombres eran muy territoriales. Y estaba segura que él había decidido que ella estaba bajo su protección.

Capítulo Cinco

Jacob suspiró aliviado cuando Ariel se levantó y se encaminó a la orilla. Conocía muy bien las técnicas de relajación para estimular el sueño. Sin embargo, había sido consciente del intenso escrutinio al que ella lo había sometido. Había tenido que echar mano de todo su autocontrol para no tener una erección.

Con los ojos entrecerrados, la contempló mientras ella caminaba por la orilla. Aunque su bañador era modesto, su cuerpo era todo exuberancia. Pero tenía la gracia de una primera bailarina. Era la feminidad personificada.

La deseaba, reconoció Jacob para sus adentros. Y, a pesar de que era experto en negarse los placeres de la carne, un hombre tenía sus límites.

De todas maneras, si decidía romper su largo celibato con la tentadora Ariel, solo podía ser algo físico. Para ella, sería lo normal. Además, sus vidas no tenían nada en común. Él era un científico introvertido, un hombre solitario que disfrutaba estando a solas con sus pensamientos.

Ariel era todo risa, ligereza y caos. A él le resultaba tentador abandonarse a su suavidad, a su extrovertido corazón. Podía llegar a convencerse a sí mismo de que no les unía ningún vínculo profesional. No habían hablado de dinero. Podía verlo solo como si estuviera echándole la mano a una amiga.

Aunque la explicación no lo convencía del todo, una dificultad aún mayor era la diferencia de edad. En su opinión, la gente se había aprovechado de Ariel. Los hombres, en especial. Por eso, no quería bajo ningún concepto que ella pensara que quería cobrarse su ayuda en carne.

Era una mujer demasiado joven. A pesar de la experiencia que tenía en la vida, ¿era lo bastante madura como para decidir sobre una relación sexual sin futuro?

Preocupado y sin respuestas, Jacob se incorporó sobre un codo y entrecerró los ojos por el reflejo del sol en el océano. Ariel estaba de espaldas a él, quieta. Parecía pensativa. O, quizá, solo estaba disfrutando de las vistas.

Jacob se acercó a su lado, aunque se cuidó de no tocarla.

–¿Hay que arreglarse para cenar?

–Yo lo voy a hacer –contestó ella, mirándolo tras sus grandes gafas de sol–. Puede que los demás lleven ropa informal, pero yo quiero causar buena impresión.

–¿Habrá baile?

–¿Es que te gustaría? –preguntó ella, atónita.

–Me gusta bailar. ¿Tan raro te parece?

–Hay que ver, doctor, no dejas de sorprenderme.

–Lo mismo digo de ti.

–Me muero de hambre. Vamos a por algo a la cocina.

–Le dijiste a Harriet que íbamos a descansar. ¿Qué crees que imagina que estamos haciendo?

–Quién sabe. Es un encanto, pero creo que le asusto un poco. ¿Tanto miedo doy?

–Sí, Ariel Dane –repuso él–. Intimidas mucho. Pero, si la pobre Harriet descubre que no muerdes, puede que se relaje.

–Eso espero.

Ariel se agachó para recoger su toalla y sacudirla. ¿Lo hacía a propósito?, se preguntó él, sin poder apartar la vista de su trasero, apenas cubierto por el bañador.

–Me pido primero para la ducha.

–No es justo –protestó Ariel, siguiéndolo por el camino a la cabaña–. Tú puedes usar la ducha exterior. Nadie va a espiarte.

–No me ofendas –bromeó él.

Ariel se fue directa al dormitorio y él sacó de la maleta calzoncillos limpios y el neceser. Mientras se enjabonaba el pelo, se imaginó a Ariel allí con él, con la piel resbaladiza por el jabón. En cuestión de segundos, su erección era impresionante y dolorosa.

Iba a ser una noche muy larga. Y, cuando regresaran a la casa, la cama iba a convertirse en un potro de tortura. Con los ojos cerrados, fantaseó con hacerle el amor, sumergiéndose entre sus tersos muslos y penetrándola en profundidad. Su fantasía fue cobrando forma, como el guion de una película…

Ariel se ríe de él, provocándolo, tentándolo.

–¿No sabes hacerlo mejor, doctor? He estado esperándote. Muéstrame cuánto me deseas.

Con un incendio entre las piernas, él la agarra de los glúteos, apretándola contra su cuerpo. Los dos gimen.

–Eres muy hermosa. Increíblemente hermosa.

Con el rostro hundido entre sus pechos, le chupa un pezón, haciéndola gemir de nuevo.

–Vamos –grita ella–. Estoy cerca.

Él hace una pausa, sin aliento, echándose hacia atrás para retrasar la eyaculación.

–Querré hacerlo otra vez –promete él–. En cuanto hayamos terminado.

–Tendrás que pillarme primero –provoca ella, mordiéndole el cuello y llevándolo al clímax.

Jacob se miró la mano cerrada alrededor de su miembro, tratando de acallar un gemido al llegar al orgasmo. Cayó de rodillas sobre el suelo de la ducha, mareado y débil. Como su propia fantasía había predicho, seguía deseando poseerla.

El agua le caía sobre los hombros. Cuando empezó a salir fría, se puso en pie y cerró los grifos. De pronto, le aterrorizó salir del baño. ¿Y si no podía contenerse y la lanzaba sobre la cama para tomarla como un loco?

Él había elegido el celibato para enterrarse en el trabajo y, así, olvidar su trágico primer amor. Después de la muerte de las dos mujeres más importantes de su vida, había perdido la capacidad de relacionarse con las féminas. Por eso, había preferido negarse a sí mismo el sexo.

Durante mucho tiempo, había conseguido tener toda su vida bajo control, encajando su futuro y su trabajo bajo rígidos parámetros. Sin embargo, la repentina aparición de Ariel lo había cambiado todo y, de pronto, se sentía como un animal herido sin ningún sitio donde esconderse.

Se secó y se puso la ropa interior. Cuando salió, se encontró con Ariel fuera, esperándolo.

–Parece que no te preocupa mucho malgastar agua –comentó ella, observándolo con interés desde un sillón.

–¿Es que eres la policía del agua? –se defendió él.

Ignorando el hecho de que ella estaba por completo vestida y él, medio desnudo, Jacob se acercó a su maleta y sacó unos pantalones negros de vestir. Se los puso despacio, notando cómo ella lo observaba. Como tenía el pelo chorreando, se lo secó con la toalla antes de ponerse la camisa.

–Te vas a quedar ciego –señaló ella, sin quitarle los ojos de encima.

–¿De qué diablos estás hablando?

–De la masturbación.

Jacob se sonrojó. No había manera de que ella lo supiera. Solo era un farol, se dijo a sí mismo.

–¿Estás lista? Siento haberte hecho esperar.

Ariel ladeó la cabeza y balanceó sus pies, embutidos en unos tacones de aguja de color verde.

–¿Cuántas veces vas a tener que hacer eso antes de poder dormir conmigo?

Jacob se abotonó la camisa y se sentó en el borde de la cama para atarse los zapatos.

–Tienes mucha imaginación, Ariel. Y un poco perversa. Me he dado una ducha. Fin de la historia.

Para su alivio, Ariel decidió dejar de atormentarlo.

–Estoy a punto de desmayarme de hambre –dijo ella, poniéndose en pie y colocándose los pliegues de la falda de tafetán–. Vamos con los demás.

Caminaron por el sendero iluminado solo por pequeños faroles a la altura de los tobillos, envueltos en un escenario lleno de romanticismo. Jacob se esforzó en no rozarla siquiera.

El restaurante estaba en el lado opuesto de la finca, construido sobre pilares encima del agua. La música invadía el lugar. En el mar, la luna creciente pintaba un reguero de luz blanca sobre el agua. Jacob habría preferido dar un paseo en vez de estar rodeado de extraños. Pero tenía una farsa que representar y era el momento de poner en escena el acto primero.

Ariel entró con seguridad por la puerta, llevando a Jacob con ella de la mano. Para él, fue una sensación muy extraña, pues estaba acostumbrado a ser el dueño de sus propios movimientos. Pero, por ella, trataría de ser complaciente.

Harriet los miró desde una esquina, los saludó con la mano y volvió a centrar su atención en los papeles que llevaba en la mano. En una silla en el centro, estaba el director, Rod Brikman, un hombre con la misma cara de Papá Noel. Había conseguido triunfar en la industria del cine empezando desde abajo. No solo tenía talento, también tenía buenos contactos.

La revista *Time* lo había nombrado uno de los directores más influyentes de Hollywood. Ariel se dirigió hacia él directamente.

–He venido a fichar, señor –se presentó ella con una sonrisa.

A juzgar por la reacción del director, parecía encantado con su primera actriz. Se puso de pie de un salto y le dio un beso en cada mejilla. A continuación, colocó una silla al lado de la suya y la invitó a sentarse.

Ariel tiró de Jacob.

–Rod, me gustaría presentarte a Jacob Wolff. Se va a quedar aquí conmigo –anunció ella y le dio un beso con entusiasmo.

–No podría separarme de ti –dijo Jacob, ayudando a Ariel a sentarse. Se sentó a su lado, muy cerca, y la rodeó con un brazo, acariciándole la nuca–. Una mujer como Ariel puede conseguir que cualquier hombre lo deje todo por ella. Espero que no le importe, señor.

–Jacob Wolff… ¿De los Wolff? –preguntó Rod, mirándolo con interés.

–Así es.

–¿Le gustaría invertir en algunos proyectos de películas? –preguntó Rod sin andarse con rodeos.

–Ahora mismo, ya tengo cubierto el cupo de inversiones –contestó Jacob, riendo–. Pero lo tendré en cuenta.

–¿Por qué tenéis que estar siempre hablando de trabajo? –protestó Ariel.

Rod llamó a la camarera y le pidió otro whisky.

–Esta noche, nada de trabajo –se retractó el director–. Habrá tiempo de sobra para eso mañana. Dime, Jacob Wolff, ¿cómo has conocido a la señorita Dane? Nunca te he visto en las fiestas de Hollywood.

Jacob pidió agua con gas y limón y se recostó en su asiento.

–Un amigo común nos presentó. Fue un caso de amor a primera vista por mi parte –afirmó él y le acarició el cuello a su acompañante–. Estoy muy orgulloso de ella. Se dice que tu película promete un Oscar.

–Es verdad –admitió Rod y se bebió de un trago su copa–. Es mucha presión, ¿sabes? A veces, preferiría ser fontanero.

Los presentes rieron. Brikman tenía gran carisma y poder. Todo el mundo quería formar parte de su círculo.

Después de comerse entero un plato de sopa de pescado, Ariel le tocó en el brazo a Rod.

–Disculpa, voy a mezclarme con la gente –se excusó ella y le dio un beso a Jacob en la cabeza–. Quédate aquí, cariño. Habla con el señor Brikman. Ahora vuelvo.

Durante la siguiente hora y media, Jacob la observó recorrer la sala. Su reputación de animal social era bien merecida. Cada vez que se paraba a charlar con un grupo, enseguida, surgían risas. Lo mismo le daba mezclarse con los cámaras que con los actores.

–Es un milagro de mujer –comentó Rod, meneando la cabeza–. No tiene nada de diva. No entiendo por qué nadie antes que yo le ha dado la oportunidad de demostrar lo que vale. Es una chica increíble.

–Eso mismo pienso yo.

Otra persona comenzó a hablar con Rod y Jacob aprovechó la oportunidad para observar a Ariel en su elemento. Iba de una mesa a otra, se presentaba ante los desconocidos y abrazaba a la gente que conocía. Ni una vez bebió otra cosa que agua. Y, aunque la mariguana estaba circulando sin cortapisas por el comedor, ella declinaba todas las ofertas con una sonrisa.

Los hombres coqueteaban con ella. Las mujeres le contaban cotilleos. Sin la presencia de Ariel, aquella reunión hubiera sido una fiesta anodina. Con ella, era todo un evento.

A las nueve en punto, Ariel volvió a su mesa. Le puso a Jacob un brazo en el cuello con naturalidad y tomó un puñado de cacahuetes de la mesa.

–Es hora de irnos a la cama, señor Wolff. Me han dicho que el nuevo director es un ogro cuando alguien llega tarde por la mañana.

–Así es –asintió Rod, se puso en pie y bostezó–. Toda esta gente se quedará aquí hasta las tantas, pero yo me voy a dormir también.

Jacob le estrechó la mano.

–Ha sido un placer conocerte, Rod. Tengo muchas ganas de verte en acción.

Los tres salieron del restaurante todavía lleno. Brikman le dio un pellizquito a Ariel en la mejilla.

–Mañana será tu gran día, Ariel. No quiero arriesgarme a meter la pata, pero yo creo que, después de esta película, tu vida ya no será la misma.

***

Ariel vio cómo el director caminaba hacia su cabaña, mientras Jacob y ella se dirigían a la suya.

–No quiero decepcionarlo –comentó ella, nerviosa–. Sé que ha tenido problemas con unas cuantas personas por contratarme.

No había nadie que pudiera verlos en la soledad de la noche. Así que no tenían por qué darse las manos. Ni por qué besarse.

–Es un hombre listo, Ariel. Ve algo en ti que puede que tú misma no veas. Un potencial por explorar –afirmó él–. Por cierto, no he tenido ocasión de conocer a tu pareja de reparto... John.

–Su vuelo se ha retrasado. No podrá llegar hasta mañana por la mañana.

–Pobrecillo.

–Sí. Eso sí que es empezar con el pie izquierdo.

Ariel deseó que fueran una pareja normal para poder quedarse allí fuera, a charlar bajo la luz de las estrellas. Pero esperó a que Jacob abriera la puerta y entró delante de él.

–Espero que Rod sepa lo que está haciendo. Nos ha contratado a mí y a un desconocido –observó ella y se quitó los zapatos. Sacó una botella de agua de la nevera.

La cama de matrimonio dominaba la suite, como una invitación callada a que practicaran un poco de gimnasia sexual. Sin embargo, a menos que Jacob cambiara de idea, lo que no parecía probable, no habría nada de acción esa noche, pensó ella.

–No tienes que ir conmigo por la mañana. Rod quiere hacer una escena al amanecer, así que tendremos que estar listos antes de que salga el sol. Quédate aquí y duerme.

Jacob se quitó los zapatos y los calcetines y se sentó en el sofá con las manos detrás de la cabeza y las piernas sobre la mesa.

–He venido a Antigua para cuidarte. He sobrevivido muchas guardias de madrugada cuando era interno. No te preocupes por mí.

–Si tú lo dices –repuso ella, encogiéndose de hombros.

–No sé si catalogarte como extrovertida o como introvertida –comentó él.

La habitación en la penumbra le estaba dando algunas ideas a Ariel… ideas peligrosas. Encendió una de las lámparas de pie y se sentó en una silla delante de Jacob, deseando poder acurrucarse con él en el sofá. Debería ducharse e irse a la cama, se dijo, pues tenía que madrugar mucho al día siguiente. Pero se sentía pegada al sitio.

–Depende de la situación. Me gusta mezclarme con la gente. Aunque, a veces, me canso y prefiero estar sola.

–Tiene sentido.

Ariel bostezó.

–Prepárate para acostarte, Ariel. Yo iré al baño cuando ya estés en la cama.

–Gracias por venir –dijo ella, tras mirarlo un momento–. Quiero que sepas que entiendo las reglas que has puesto.

–¿Y piensas cumplirlas?

–Sí.

–¡Vamos, a la cama! –ordenó él con una sonrisa.

Ella entró en el dormitorio con reticencia y cerró la puerta. Buscó el camisón menos sexy que tenía y se dirigió al baño.

Jacob estaba en un lío. Si se imaginaba acostado con Ariel, le subía la temperatura. Lo único que le permitía contenerse era pensar que el día siguiente iba a ser muy importante para ella. Necesitaba dejarla dormir.

Cuando ella lo avisó, Jacob entró en el dormitorio y respiró hondo.

–No tardaré –prometió él–. Puedes apagar la... –comenzó a decir y se quedó petrificado.

Ariel estaba junto a la cama, inclinándose para poner el despertador. Llevaba una camiseta vieja muy grande, con el cuello dado de sí, que dejaba al descubierto uno de sus hombros.

–Esto no funciona. Utilizaré el teléfono.

Él se giró, consciente de que aquella imagen iba a quedar grabada en su mente para siempre. ¿Llevaría ella ropa interior?

Maldición. Agarró lo que necesitaba de la maleta y se encerró en el baño, lejos de la tentación. Después de darse una ducha helada, seguía igual de excitado. Armándose de fuerza de voluntad, salió del baño.

Ariel estaba profundamente dormida, tapada hasta la barbilla.

Jacob dio la vuelta y apagó la luz de la mesilla. Era

una mujer fascinante, tan pronto vulnerable y tímida como seductora y traviesa. Si estuviera buscando pareja, Ariel sería su primera opción. Pero le gustaba la tranquilidad de su clínica y la rutina de su trabajo. Y Ariel no era más que una estrella que iluminaba su firmamento durante un momento mágico, pero fugaz.

Apartándole el pelo de la cara con una suave caricia, se recordó todas las razones por las que no podía tenerla.

Ariel se despertó antes de que sonara el despertador. Lo apagó y salió de la cama. Estaba acostumbrada a arreglarse en un santiamén y no tardó nada en estar lista. Se lavó los dientes y la cara y se puso unas mallas y un ligero suéter.

–¿Qué hora es? –preguntó él cuando Ariel salió del baño.

–Todavía es de noche. Sigue durmiendo.

Jacob se pasó la mano por el pelo y se sentó.

–¿Quieres café? –ofreció él.

–Harriet me lo dará en el coche. No está lejos de aquí. El rodaje será en la cala de al lado. ¿Seguro que quieres venir?

Jacob se puso en pie. Tenía el pecho desnudo. Los pantalones de algodón del pijama dejaban al descubierto sus firmes caderas.

–Dame cinco minutos –dijo él, somnoliento.

Cuando se metió en el baño, Ariel se llevó la mano al corazón, sorprendida porque no se le hubiera salido del pecho. Recién levantado y con el pecho desnudo, Jacob parecía más un pirata que un médico.

Pocos minutos después, él se presentó en la puerta, al mismo tiempo que llegaba Harriet para recogerlos con el coche.

–Buenos días, Harriet. Gracias por ser tan puntual –saludó Ariel.

Harriet no respondió y, por su lenguaje corporal, parecía tensa.

Ariel y Jacob se sentaron en los asientos traseros. Un termo los esperaba en una caja de cartón. Él sirvió dos tazas y le tendió una a su acompañante.

Ella tomó una galleta de una bolsa abierta, obligándose a tragar. Tenía el estómago encogido por los nervios. Miró por la ventanilla. Todo estaba oscuro fuera.

–Relájate, Ariel. ¿Eres siempre tan inquieta?

Cuando Jacob le tocó el brazo, ella se sobresaltó. Soltó una risita nerviosa.

–A veces, peor. Pero se me pasará. Dentro de tres o cuatro días, me habré acostumbrado a la rutina. Pero siempre es así al principio.

Jacob le frotó la espalda para darle ánimos.

–¿Es ahora cuando tengo que decirte que te imagines a todos tus compañeros de reparto en ropa interior?

–Por favor, no –pidió ella, riendo.

Él le dio la mano, ofreciéndole su fuerza. Era agradable tener un compañero, pensó ella y, de pronto, entendió por qué tantos actores se llevaban a su pareja al rodaje. El consuelo de ver una cara familiar tras un largo día ayudaba a disipar el estrés.

Harriet tomó una curva y giró a la derecha para seguir por un camino sin asfaltar que conducía a la playa. La luna todavía estaba en el cielo, pero había mucha luz artificial iluminando la escena.

Cuando se bajaron del coche, Ariel miró a su alrededor, llena de la excitación que siempre generaban los nuevos proyectos. Jacob estaba a su lado, terminándose la tercera taza de café.

–Puedes encontrar comida y lo que necesites ahí –indicó ella, señalando una tienda muy grande–. Si quieres dormir un poco más, el coche estará abierto. Tengo que ir a peluquería y maquillaje. ¿Estarás bien?

Él la sorprendió con un cálido beso con sabor a café.

–Soy un chico mayor. No te preocupes por mí. Ve a hacer tus cosas.

Ariel le acarició la mejilla.

–Me alegro de que estés aquí –afirmó ella con sinceridad, acariciándole la mejilla. .

–Y yo. Ahora, tranquila. Lo vas a hacer genial.

Ariel se alejó con una sonrisa en la boca y se giró un instante para comprobar que él la estaba siguiendo con la mirada. Se preguntó qué estaría pensando. Momentos después, el frenesí de los preparativos capturó toda su atención. Pero, a pesar de la confusión, sabía que Jacob Wolff estaba de guardia, velando por ella.

Capítulo Seis

Jacob se quedó admirado al comprobar cómo docenas de individuos parecían saber qué hacer en aquel caos que era el proceso de rodaje. Rob era quien daba las órdenes, con su voz de fumador empeorada por la falta de sueño.

Ariel había desaparecido entre la multitud, dentro de unas tiendas de campaña. A pesar de lo temprano que era, su belleza no había mermado en nada. Incluso con cinco horas de sueño, parecía fresca como una rosa.

Jacob tomó una silla de acampada y se colocó en un sitio desde donde podía verlo todo, sin estar en medio.

Cuando Ariel apareció cuarenta y cinco minutos después, Jacob tardó en reconocerla. Rod levantó las manos en un gesto de adoración y fue entonces cuando él cayó en la cuenta de quién era. Viola, la cortesana.

Llevaba ropas de época, un vestido de satén púrpura. Tenía el pelo recogido en un complicado moño, con rizos sueltos en la nuca y las orejas. El escote era muy pronunciado y exponía sus suaves pechos, colocados de forma voluptuosa.

A Jacob se le quedó la boca seca. Ariel no lo miró.

Brikman y ella estaban inmersos en el trabajo. El director la condujo a un punto en la playa, donde posó con el viento soplándole en la falda y destapándole una pierna de vez en cuando.

John England no era un niño. Era muy alto, de anchas espaldas y rubio, como Ariel. Si estaba nervioso, no se le notaba. Seguía las instrucciones con diligencia, sin rechistar.

El alba comenzaba a despuntar cuando Brikman ordenó que las cámaras empezaran a rodar.

Ariel estaba delante del oficial de la marina, con gesto orgulloso.

–No me dejaré chantajear –dijo ella, metida en su papel–. Te lo he dicho. Mi cuerpo no está en venta.

Su interlocutor irradiaba autoridad y fuerza, además de deseo. La agarró por los hombros.

–Puedo cerrar tu negocio, Viola. Hacer que todas esas chicas bonitas vuelvan a ocuparse de lavar ropa y cocinar. ¿Es eso lo que quieres?

Viola luchó por soltarse.

El oficial, Landon, la agarró con más fuerza.

–Has estado paseándote por delante de la flota con tus ropas elegantes y tu risa provocativa. ¿Qué esperabas que pasara? Tengo tres barcos llenos de marineros que hace meses que no ven a sus familias. La mayoría de ellos no puede permitirse lo que ofreces en tu burdel. Pero yo, sí, Viola. Aceptarás mis condiciones y sufrirás las consecuencias.

Entonces, Landon la tomó entre sus brazos y la besó con ademán salvaje y dominante. Viola le dio un puñetazo en los hombros.

–Soy una dama –gritó ella–. No puedes hacerme esto.

John England la soltó despacio y se limpió la boca con el antebrazo. Puso gesto de sentirse conmocionado por el poder del beso.

–Puedo y lo haré –aseguró él en voz baja–. Iré a verte esta noche. Después de que oscurezca. Espérame.

Dicho aquello, se dio media vuelta, comenzó a caminar con largas zancadas y desapareció detrás de un saliente de rocas. Viola miró al cielo con lágrimas rodándole por las mejillas. Silueteada contra el inmenso océano, parecía pequeña e indefensa.

–¡Corten!

Jacob se sobresaltó, volviendo a la realidad con el grito del director. Había estado tan metido en la historia que había perdido la noción del tiempo. El equipo se preparó para hacer otra toma antes de que hubiera demasiada luz. John volvió. Un asistente de vestuario le colocó el vestido a Ariel. Y la escena comenzó de nuevo.

Ariel era increíble. Estaba de pie con el agua hasta los tobillos, pero no se quejó en ningún momento. Aunque acababa de conocer a John England, la química entre ellos era muy poderosa. Jacob podía sentir el miedo y la frustración de su personaje. Y empatizaba con el deseo de Landon.

El oficial de la marina era un hombre de honor, un héroe. Ariel le había dejado a Jacob leer parte del guion y la historia era bastante interesante. Un hombre dividido entre lo que sabía que era correcto y su ansia de poseer a la bella Viola.

A Jacob no le pasó desapercibida el irónico parecido consigo mismo.

A las once, el rodaje hizo una pausa. Ariel caminó hasta él, contoneando las caderas bajo la voluminosa falda del vestido. Estaba tiritando, mojada de las rodillas para abajo.

–¿Qué te ha parecido? –preguntó ella con gesto de ansiedad.

Para hacer más creíble su farsa, Jacob la tomó entre sus brazos y la besó. Se quedó sin aliento. Besar a Ariel no era cosas de niños. Era una sirena que lo atraía a aguas profundas.

–Has estado espectacular –afirmó él–. Incluso con la distracción de las cámaras y la gente moviéndose alrededor, me he quedado embelesado. Creo que Brikman tiene razón. Esta película te convertirá en una estrella.

–Ya soy una estrella –replicó ella con una sonrisa.

–Entonces, te convertirá en una supernova.

–Eso está mejor –dijo ella, sonriendo.

–¿Ya has terminado por ahora? ¿Puedes irte?

–Claro. Me cambiaré en un momento. Dile a Harriet que estamos listos.

Ariel se quedó dormida en el coche en el camino de vuelta, con la cabeza apoyada en el hombro de él. Jacob era el único que sabía que estaba demasiado débil para hacer grandes esfuerzos. La abrazó contra su pecho, preocupado por lo pálida que estaba.

Harriet lo miró por el espejo retrovisor.

–¿Los llevo directamente a la villa o quieren comer algo primero en el restaurante?

–Creo que pediremos servicio de habitaciones –contesto él, tras pensarlo un momento.

–De acuerdo.

Cuando aparcaron delante de su alojamiento, Ariel no se despertó. Jacob la miró con inquietud.

–Creo que no ha dormido mucho. Supongo que por los nervios. La llevaré dentro –le dijo él a Harriet.

La asistente no hizo ningún comentario, pero abrió mucho los ojos. Él esperaba que no fuera una cotilla.

En la cabaña, Jacob depositó a Ariel sobre la cama.

–Duérmete conmigo –pidió ella, entreabriendo los ojos.

Jacob titubeó. Estaba agotado. Los dos estaban vestidos.

–¿No quieres comer algo? –preguntó él, ganando tiempo antes de tomar una decisión. Estaba demasiado excitado.

Aunque admiraba su fuerza de voluntad y autocontrol, Ariel no podía dejar poner sus fuerzas a prueba. Desde que se habían conocido, no había dejado de tentarlo y provocarlo, obligándole a darle algo... lo que fuera.

–Creo que me has estado mintiendo –señaló ella de pronto, decidida a sacar a la luz sus peores miedos.

–Yo no miento –replicó él con una fiera mirada.

–Has estado inventándote excusas para no tener nada conmigo. Nos deseamos, Jacob. Y no hay razón para que no estemos juntos. Sé honesto. Lo que dijiste sobre que soy demasiado joven o que tú eres mi médico no son más que excusas.

–También podemos tener en cuenta el hecho de que nos conocemos hace apenas unas horas.

–Nimiedades –señaló ella y se acercó para besarlo con suavidad–. Quiero que seas sincero. ¿Te estás conteniendo porque piensas que soy una promiscua y eso… te desagrada?

Jacob se sentó, la sujetó por la nuca y la besó con pasión.

–No seas ridícula. ¿Es que crees que busco una monja? No creo en la doble moral.

–Entonces, démonos una oportunidad –pidió ella, susurrando las palabras en el cuello de él.

Cuando él le puso la mano entre los muslos, sin embargo, Ariel se puso tensa. Una cosa era atormentarlo y otra muy distinta era ser atormentada. Frotando con suavidad, él se concentró en su punto más sensible.

Ariel gimió, presa de un placer líquido y eléctrico. Estaba claro que Jacob conocía bien la anatomía femenina. En cuestión de minutos, la llevó al borde del éxtasis.

–Es una mala idea –murmuró él, bañándola con su aliento caliente.

Acto seguido, Jacob deslizó la mano dentro de las braguitas de ella, llegando a la piel desnuda. Ariel llegó al orgasmo de inmediato, mientras él seguía acariciándola. Después, se acurrucó en su abrazo.

–No me refería a esto. Tú todavía no…

–¿Qué?

–Ya sabes. Quiero hacerte sentir bien.

–Lo has hecho, princesa. Pero no vamos a ir más lejos hoy. Uno de los dos tiene que tener algo de sentido común.

Ella suspiró y le lamió la barbilla.

–No sé por qué eres tan rígido. Estamos en un paraíso tropical. Se supone que eres mi novio. Y no estoy enferma. ¿Qué tiene de malo que te diviertas un poco mientras tanto?

–¿De veras eres tan ingenua?

–Estás siendo grosero. Y paternalista.

–Creo que eres una mujer increíble –afirmó él, acariciándole el pelo–. Y tienes un gran futuro por delante. ¿Por qué complicar las cosas con un viejo como yo?

–Tienes treinta años. No eres viejo.

–Bueno –repuso él, riendo–. Pero necesito tiempo. De todas maneras, tú vas a estar muy ocupada para tener una aventura. ¿No es así?

–Tal vez –reconoció ella a regañadientes–. Pero sigues siendo un mandón.

–Lo sé –repuso él, besándola en la coronilla–. Lo que pasa es que no podría perdonármelo si me aprovechara de ti. Así que no me presiones, por favor.

Ariel contuvo las lágrimas a punto de brotar.

–Lo intentaré –susurró ella–. Aunque no te prometo nada.

Jacob se levantó de la cama. Soltar a Ariel y comportarse como si nada importante hubiera pasado iba a requerir todas sus dotes de actor. Lo que sentía por dentro era pura agonía. La deseaba con una intensidad insoportable.

–Voy a pedir la comida –informó él, tomando el teléfono–. ¿Te parece bien?

–Como quieras –repuso ella con aspecto de estar enojada.

Él se fue al salón mientras Ariel se duchaba, para no estar cerca cuando estuviera desnuda. Todavía le ardía la mano por haberla tocado. Había estado húmeda, caliente y dispuesta. Esa mujer era la fantasía de cualquier hombre.

Jacob Wolff se sentía como un idiota. Si sus hermanos supieran lo que estaba haciendo, se reirían de su ridícula nobleza. Aunque ellos habían dejado atrás hacía tiempo la vida de soltero y dormían cada noche con las mujeres que amaban.

El quería lo que ellos tenían, pero era un cobarde. No se atrevía a saltar al ruedo emocional.

Por otra parte, Ariel era todo un reto. Era impulsiva, tempestuosa y sensual. Si él la dejaba entrar en su corazón, podría hacérselo pedazos.

Podía enamorarse de ella. Esa mujer tenía algo que le hacía volver a creer en los finales felices.

Pero Jacob sabía lo que era ver morir a la mujer amada sin poder hacer nada para salvarla.

Una tarde, cuando se suponía que Ariel debería estar durmiendo la siesta, él la sorprendió sentada en la cama, poniendo su autógrafo en un taco de fotos.

–Pensé que ibas a dormir –dijo él, desde la puerta.

Ella lo miró con gesto de culpabilidad.

–¿Conoces a Reggie, el ayudante de cámara? Va a ser el cumpleaños de su hija. Le ofrecí enviarle estas fotos firmadas para que las repartiera entre sus amigas.

–Muy amable por tu parte.

–No me cuesta trabajo.

–Tengo buenas noticias –señaló él, sentándose a su lado en la cama.

–Dime –pidió ella y apoyó un momento la cabeza en su hombro.

–Rod va a dar la noche libre a todo el mundo como muestra de agradecimiento por lo bien que está saliendo todo.

–¿Quién iba a decir que un hombre de aspecto tan rudo y malhumorado podía ser tan tierno como un osito de peluche? –observó ella, firmó la última foto y metió el taco en un sobre.

–Bueno, yo no diría tanto... Lo que pasa es tú siempre ves lo mejor de las personas. Es una de las cosas que me gusta de ti.

–Gracias –dijo ella, sonrojándose–. Muy amable.

–Puedo ser amable, si me lo propongo –repuso él, rodeándola con el brazo–. ¿Qué te parece si lo celebramos? Puedo robarle el coche a Harriet y llevarte a ver el atardecer. ¿Qué te parece?

–¿Y qué celebramos?

–La vida, en general. Me alegro de haber venido contigo, Ariel. Ponte el vestido más bonito que tengas. Volveré a por ti dentro de una hora.

***

Ariel estaba emocionada. Tenía una cita formal para salir con Jacob Wolff. Se duchó y se secó, pensando qué podía ponerse.

Aunque sabía que podía estar equivocada, tenía la sensación de que Jacob cada vez la deseaba más. Era afectuoso con ella, a veces, incluso indulgente. Pero eso no era lo que ella quería. Era una mujer adulta y tenía necesidades adultas, que solo él podía satisfacer.

Estaba enamorándose de Jacob. No podía evitarlo. Jacob Wolff estaba lleno siempre de seguridad.

Para un tipo que afirmaba ser feliz en soledad, apartado del mundo en su laboratorio, parecía muy contento estando rodeado de gente. Y eso era peligroso. Porque Ariel empezaba a albergar sueños de futuro con un hombre así.

Después de titubear delante del armario unos diez minutos, Ariel escogió un vestido plateado por encima de la rodilla, de una tela finísima que reflejaba la luz. Era uno de sus vestidos de fiesta favoritos, con el que siempre se sentía bonita y femenina.

Unos tacones de aguja plateados y un bolso a juego completaban su atuendo. Se puso sus pendientes preferidos de diamante y una pulsera.

Mirándose al espejo mientras se peinaba, se preguntó si Jacob la encontraría sexy… o si solo vería en ella a una niña disfrazada. Él se negaba a reconocer que era una mujer adulta, así como negaba la atracción que había entre ellos. Era frustrante. Quizá, esa noche, sería su oportunidad de cambiar las cosas, pensó.

Ariel ya estaba lista, esperándolo, cuando la puerta se abrió. Jacob la miraba con ojos ardientes. Se había vestido muy elegante, con pantalones grises de lino y zapatos de cuero sin calcetines. Llevaba una chaqueta gris también, que resaltaba sus anchos hombros, y una camisa de seda color crema. Era un hombre rebosante de carisma, de clase.

–Ya estoy lista –dijo ella, forzándose a hablar.

Cuando Jacob se acercó con una sonrisa llena de seguridad, Ariel se quedó sin aliento.

–Esta noche, pareces una princesa –murmuró él y le acarició los brazos, tomándola de las muñecas para mirarla de arriba abajo.

Con el corazón acelerado, ella lo miró a los ojos.

–Tú tampoco estás mal. Pareces un dios griego escapado del Olimpo. Ya veo que has ido de compras –comentó ella, posando los ojos en su traje nuevo.

–Ha sido necesario. No quería que te avergonzaras de mí –repuso él y se sacó una cajita del bolsillo–. También te he comprado algo a ti. Se que hoy es tu cumpleaños, Ariel –contestó él con una amplia sonrisa.

–¿Cómo lo has sabido?

–Una vez, abrí tu pasaporte. Sé que no debería haberlo hecho, pero tenía curiosidad por ver cuántos países habías visitado. Bastante impresionante –indicó él–. Vamos. Ábrelo.

Despacio, Ariel abrió la cajita y soltó un grito de

sorpresa y emoción. Era un pequeño broche con una corona, cubierto de diamantes en la base y coronado por rubíes, esmeraldas y zafiros.

–Debe de haberte costado una fortuna –comentó ella–. No sé si debo aceptarlo. Soy yo quien debería hacerte regalos a ti por el favor que me estás haciendo.

–Ponte el broche y vámonos.

–Es un regalo precioso, Jacob –afirmó y se lo prendió en el vestido. Solo un hombre como él podía haber elegido un broche tan perfecto, pensó. Jacob la conocía bien–. Me encanta, de verdad –lo besó con suavidad.

–No te estoy haciendo ningún favor –negó él de golpe–. Soy un médico cumpliendo con mis responsabilidades.

–Pensé que eras mi amigo –replicó ella. Era cierto que, al principio, lo había buscado por su reputación profesional. Pero, en el presente, quería algo por completo diferente.

–No sé qué somos, Ariel –admitió él con ojos llenos de deseo–. Ese es el problema.

Ariel se enterneció al darse cuenta de que la situación lo afectaba. Eso significaba que ella le importaba. Pero Jacob Wolff no era la clase de hombre que se pudiera manipular para que hiciera algo que él no considerara correcto.

Tal vez, dependía de ella demostrarle que sí era correcto.

Capítulo Siete

Jacob se maldijo a sí mismo por haber sido tan impulsivo al haberle comprado un regalo. Por cómo a ella se le empañaron los ojos y por su mirada emocionada, adivinó que Ariel estaba interpretándolo de forma equivocada.

Era solo un maldito broche, aunque fuera caro.

La verdad era que él había querido regalarle algo bonito y divertido. El cumpleaños había sido solo una excusa. Era una mujer tan fácil de complacer que daban ganas de hacerla feliz. Sin duda, él no debía de ser el primer novio que había intentado hacerla sonreír. Ni sería el último.

Jacob la acompañó al coche y le abrió la puerta.

–Gracias.

–Es un placer, princesa.

Harriet le había prestado el coche, lavado y con el depósito lleno.

La carretera a la parte más alta de la isla estaba llena de curvas. Ariel iba muy callada, mirando el paisaje.

Cuando llegaron, Jacob aparcó y ayudó a salir a Ariel.

–Ten cuidado –le previno él–. Hay muchas piedras en el suelo.

La condujo a un edificio de dos pisos que parecía bastante antiguo. Estaba recorrido por ventanas que dejaban entrar la brisa del océano. Un tambor comenzó a sonar.

–Vamos –le urgió ella–. Encontremos sitio antes de que se llene.

–¿No quieres ver la puesta de sol? –preguntó él y se miró el reloj. Habían llegado antes de lo previsto.

Ariel lo hizo a un lado y pasó por delante de él con impaciencia.

–Ya que somos solo amigos, no, gracias. Quiero bailar.

Jacob la adelantó y abrió la puerta de donde se suponía que era el concierto. Estaba muy oscuro dentro. De pronto, la sala se llenó de luz.

–¡Sorpresa! –exclamaron unas seis docenas de voces al unísono.

Ariel se quedó paralizada y buscó la mano de su acompañante en un gesto inconsciente de nerviosismo.

Sus compañeros de reparto y el equipo de rodaje la rodearon para felicitarla. Entre ellos, Rod Brikman.

–Feliz cumpleaños, Ariel –dijo el director con una sonrisa.

Ella se sonrojó desde el cuello a la frente y se cubrió las mejillas con las manos.

–No sé qué decir.

–¡Que empiece la fiesta! –gritó uno de los presentes desde la otra punta.

Todo el mundo empezó a reír y se fueron a sus

asientos. Jacob y Ariel se dirigieron a una mesa presidida por el director. Los tambores volvieron a sonar y, pronto, se llenó la pista de baile. Brikman le dio una palmadita en la mano a Ariel.

–Espero que no te moleste. Los de vestuario son quienes tuvieron la idea. Piensan de ti lo más grande.

Ariel se quedó sin palabras. Durante la hora siguiente, Jacob la observó comer, aunque ella seguía callada. Había ostras, cóctel de gambas y pastel de coco de postre.

–¿Sigues teniendo hambre? –preguntó él cuando consideró que Ariel había cenado lo suficiente–. ¿O quiere bailar?

–Creí que nunca me lo pedirías –repuso ella y dejó el bolso sobre la mesa.

Jacob tomó a Ariel entre sus brazos mientras se mecían al ritmo de la canción romántica que acababa de empezar. Ella apoyó la mejilla en su hombro.

–Pensé que íbamos a estar solos tú y yo esta noche.

–¿Te ha molestado? Todos querían darte una sorpresa.

–Claro que no me molesta. Estoy conmovida. Soy una mujer muy afortunada.

El toque de melancolía de la voz de su acompañante preocupó a Jacob.

–¿Estás bien, Ariel? ¿Es que has tenido malas noticias de tu madre?

–No. Hablé con ella esta tarde y todo sigue igual.

–Entonces, ¿qué te pasa?

–Es por mis compañeros. Cuando hago una película, el equipo y los actores son como mi familia, aunque no es lo mismo.

Él se quedó en silencio, intentando descifrar sus palabras.

–No tiene nada de malo querer a los demás como haces tú, Ariel. Das cariño a todo el mundo sin reservas. Y la gente te quiere. Hay muchas clases de familias.

–Yo envidio la tuya. Supongo que es un poco raro, teniendo en cuenta tu pasado, pero tienes hermanos y primos. Cuando mi madre se vaya, no me quedará nadie.

–¿No tienes tíos?

–Mi madre era hija única, igual que yo. Y supongo que la familia de mi padre no quería saber nada de nosotras.

–¿Por qué no le preguntas por ellos a tu madre?

–No puedo. Se daría cuenta de que se lo pregunto porque sé que se está muriendo.

–Yo compartiré mi familia contigo –ofreció él y la besó en la sien–. Es más, hay veces en que los regalaría a todos.

–Mientes –repuso ella, riendo.

Pero había conseguido su propósito: hacerla reír.

Ariel encajaba a la perfección entre sus brazos. Sus piernas se rozaban cuando bailaban. Jacob deseó que estuvieran a solas, pero era mejor así, era lo más adecuado para mantener a raya la erección que latía entre ellos.

Ariel se estaba dando cuenta. Estaban lo bastante juntos.

Cuando terminó aquella canción, Jacob condujo a Ariel a la terraza, desde donde se veía la luna.

–Te mereces un beso de cumpleaños –murmuró él, posando las manos en sus caderas para atraerla a su lado.

–Creí que preferías darme azotes –replicó ella.

–No te tientes –dijo él y comenzó a besarla en la frente con suavidad. El seductor aroma de ella lo envolvió–. Feliz cumpleaños, Ariel.

–Ahora soy un año mayor –susurró ella, echando la cabeza hacia atrás–. Ahora solo tengo siete años menos que tú.

–Sigo siendo tu médico.

–Nunca me he sentido más sana.

Ella le rodeó el cuello con los brazos y él la besó en la boca con pasión.

–Tenemos que hablar –dijo él, jadeante. No podía seguir fingiendo que podía resistirse a ella. Todavía quedaban semanas de rodaje y él sabía que, antes o después, sucumbiría a la invitación sexual de Ariel.

Pero, antes, había cosas que quería decirle.

Cuando Ariel le acarició el pecho por debajo de la camisa, Jacob perdió el hilo de sus pensamientos. Solo quería hacerle el amor… sin preocuparse por las consecuencias.

Cuando Ariel jugueteó con uno de sus pezones, él se sobresaltó. Ella rio, satisfecha de su poder.

–Estoy deseando oír lo que tienes que decirme –señaló ella y lo besó otra vez–. Aunque creo que, a veces, las acciones dicen más que las palabras.

Sus besos se fueron haciendo más apasionados. A

Jacob le corría el sudor por la espalda en aquella noche tropical. Ariel también tenía la piel húmeda.

–Si no paramos, voy a tener que tomarte aquí mismo –advirtió él.

Ariel se echó hacia atrás.

–En treinta minutos, podemos irnos. Ahora tenemos que entrar. No puedo huir de mi propia fiesta. Sería una grosería.

–Ve tú –dijo él y maldijo para sus adentros–. No quiero que me vean así.

–¿Estás bien? –preguntó ella, titubeando.

Apenas capaz de respirar, Jacob se recostó en la pared de piedra. La deseaba tanto que le dolía.

–Ve –rugió él, sin poder articular una conversación–. Ve.

Contoneándose bajo la luz de la luna, Ariel desapareció de su vista. Él tomó aliento, tratando de calmar los latidos de su corazón. Cerró los ojos.

Ariel había hecho pedazos lo único con lo que él podía contar: su autocontrol. Si estaba tan destrozado, tanto emocional como físicamente, ante la perspectiva de acostarse con ella, ¿cómo iba a estar cuando cometiera el pecado de enamorarse?

Jacob sabía que no tenía opción. Se había adentrado tanto en aguas profundas que no había marcha atrás. Pero seguir adelante prometía ser un camino peligroso.

Al fin, regresó a la fiesta y se excusó diciendo que había tenido que atender una llamada importante. Ariel estaba en la pista de baile, rodeada de admiradores.

La expresión de Jacob debió de delatar sus sentimientos, porque Brikman le sirvió un vaso de whisky y lo miró.

–¿Qué te concome por dentro?

–No me gustan mucho las fiestas.

–Entonces, has ligado con la chica equivocada –opinó el director–. Ariel vive para la gente. No me malinterpretes. No es ninguna diva. Ha llegado adonde está por su esfuerzo y su talento. La gente la adora.

–Me doy cuenta de eso –repuso él en voz baja, siguiéndola con la mirada–. De hecho, me di cuenta desde el primer día –añadió y apretó los dientes. Ver que otros hombres eran receptores de su sonrisa le llenaba de desasosiego–. Dime, Rod. ¿Crees lo que escriben sobre ella en las revistas del corazón?

Brikman dio un respingo.

–Eso es todo mentira.

–Pero todos esos hombres... ¿Se aprovechan de ella?

El director afiló la mirada, con los ojos puestos en Ariel mientras hablaban.

–Puede que lo intenten, pero no subestimes a Ariel. Ella ha sobrevivido en este mundo sin perder la cabeza ni su dulzura. No tiene nada de artificio. Lo que ves es lo que hay.

–No estoy celoso.

–No he dicho que lo estés. Un hombre tiene que valorar las consecuencias antes de correr un riesgo.

–¿Qué riesgo?

–No te hagas el tonto conmigo, Wolff. Tú sabes de primera mano lo que es sufrir. Conozco tu historia.

Hice que te investigaran en cuanto apareciste aquí con ella. No podía permitirme ninguna sorpresa. Mi trabajo consiste también en calcularlo todo.

La banda hizo un descanso. Jacob estaba deseando que Ariel volviera a la mesa. Cuando ella se acercó, se levantó y le tendió un vaso de agua.

–Pareces acalorada –observó él.

Ella se bebió el vaso de un trago.

–Soy todo fuego, hombretón –bromeó ella, dando una vuelta sobre sí misma–. Y tú vas a ser el afortunado que me lleve a casa.

Ariel le dio un beso en la cabeza a su jefe.

–Hasta mañana. Mi Wolff y yo nos vamos a buscar una playa desierta para aullarle a la luna.

Ariel le dio la mano a su acompañante y tiró de él hacia la salida. Al menos, tres personas trataron de interceptarla, pero ella no se rindió. Estaba deseando irse.

Fuera, Jacob la rodeó por la cintura y la condujo al coche. Al llegar, la agarró de las caderas y la acorraló delante del capó, apretando su erección contra ella. A Ariel se le aceleró el corazón.

Ariel miró al cielo lleno de estrellas. No solo estaban en lo más alto de la isla, sino que habían llegado a un punto de inflexión en su relación.

Despacio, él la besó con exquisita ternura.

–Oh, Jacob –suspiró ella–. Por favor, no me provoques más, si no quieres nada.

–Sí quiero –afirmó él, recorriéndole el cuello con la lengua.

–No me quejo de tus besos –repuso ella, notando que le temblaban las rodillas–. Pero creo que no nos vendría mal un poco más de privacidad.

–¿Estás segura de que no podemos hacerlo en el asiento de atrás?

–Me gusta cuando te olvidas de guardar las formas –replicó ella, tomando el rostro de él entre las manos.

Entonces, cuando Jacob se puso tenso, ella se arrepintió de sus palabras. ¿Cuándo aprendería a tener la boca cerrada?

–Tenemos que hablar –dijo él en voz baja, soltándola–. Hay cosas que debes saber. Sube al coche.

La atmósfera que los rodeaba cambió de inmediato, dejando a Ariel perpleja por completo.

–Yo prefiero hablar menos y actuar más –señaló ella y cerró la puerta de un portazo, después de sentarse.

–¿Te importa si damos una vuelta? –preguntó él sin sonreír, con gesto sombrío.

–Claro que no.

La conversación languideció. Jacob condujo con calma y con eficiencia.

Cuando ella estaba a punto de perder la paciencia por su silencio, Jacob se metió en un camino de arena que llevaba a una pequeña cala desierta. Paró debajo de una gran palmera. Sin decir palabra, salió del coche, abrió el maletero, rebuscó algo y, luego, le abrió la puerta a Ariel con una manta blanca en la mano.

–Vamos –dijo él y, antes de ayudarla a salir del coche, se agachó y le quitó los zapatos.

A continuación, le dio la mano y, cuando Ariel estuvo de pie, la besó. Fue un beso lleno de promesas que hizo que a ella le temblaran las rodillas.

Caminaron hasta un extremo de la cala

–Aquí está bien. Siéntate, princesa –indicó él, extendiendo la manta junto a la orilla.

Lo cierto era que Jacob la intimidaba un poco, reconoció Ariel para sus adentros. No en el sentido físico, sino porque era casi imposible adivinar sus pensamientos.

Se sentaron pegados el uno al otro. Ella dobló las rodillas, llevándoselas al pecho, tiritando un poco. Por supuesto, él se dio cuenta de inmediato, se quitó la chaqueta y la cubrió con ella.

–Gracias.

El rostro de él seguía siendo impenetrable.

–¿De qué querías hablarme? –quiso saber ella.

–Mírame. Estoy aquí, en una playa del trópico, con la actriz más deseada de América. ¿Cómo he llegado a esto?

Ella se encogió de hombros.

–Yo te obligué. Y me disculpo por eso, por cierto. No he estado enferma en ningún momento. Podrías haberte quedado en tu montaña con tus probetas y tus libros.

Jacob rio.

–No quiero que haya secretos entre nosotros –señaló él, tras una pausa–. Si nos convertimos en amantes, te mereces que sea sincero contigo, al menos.

–Por favor, no me digas que el castillo tiene una mazmorra llena de cadáveres.

–No tengas miedo. No es tan malo.

Jacob se tumbó de espaldas, mirando al cielo.

–Cuando crecí, me sentía prisionero. Después de que mi madre y mi tía hubieran muerto, mi padre y mi tío nos ocultaron del mundo. Tuve muchos tutores y tomé el primer curso de medicina a distancia antes de que me saliera pelo en la cara. Un día, me miré al espejo y me di cuenta de que tenía dieciocho años y nunca había salido con una chica.

Ariel guardó silencio, sin querer interrumpirlo.

–Solo pudimos convencer a nuestro padre y nuestro tío de que nos dejaran salir a estudiar en la universidad si adquiríamos un nombre falso –prosiguió él–. Ellos temían que nos secuestraran si sabíamos quiénes éramos.

–¿Tus amigos sabían la verdad?

–Nadie lo sabía. Yo pasaba mucho tiempo solo. Aunque era el típico adolescente deseando acostarse con chicas, las que conocía eran tan tontas que no podía soportarlas, ni siquiera para llevarlas a la cama. Entonces, conocí a Diane –continuó él.

–¿Diane? –preguntó ella con el estómago encogido.

–La compañera de la que te hablé. La que murió. Era mi prometida. Nos conocimos en la carrera y nos enamoramos de inmediato. Hacíamos el amor a todas horas del día y de la noche, pero ambos estábamos centrados en nuestro objetivo. Queríamos doctorarnos. Y lo conseguimos. Cuando llevábamos el tiempo suficiente para saber que lo que sentíamos era amor, le pedí que se casara conmigo y le regalé un anillo. Empezamos a planear la boda para el mes siguiente a que nos licenciáramos.

Ariel no quería seguir escuchando, pero Jacob parecía incapaz de parar. Ella hundió la cabeza en las rodillas, para no ver su rostro lleno de angustia.

–Cuando murió, me volví loco. Si hubiera tenido una infancia normal, habría sido distinto. Pero me sentí como si lo hubiera perdido todo. Primero, mi madre, luego, mi mejor amigo. Y Diane. La práctica de la medicina fue lo único que me hizo salir adelante.

–¿Cuándo murió?

–Hace cinco años, tres meses y veintiséis días –repuso él–. Acepté ayudarte porque no quería volver a sentir la misma impotencia nunca más. Necesitaba poder hacer algo por ti, a pesar de haberle fallado a Diane.

–¿Por qué me cuentas esto?

–Diane fue mi primer y último amor –afirmó él–. Mi primera y última amante –añadió con expresión sombría–. No puedo volver a amar así a ninguna otra mujer. Por eso, he elegido ser célibe. No quiero romperle el corazón a nadie.

–¿Crees que, si hacemos el amor, me enamoraré de ti?

–Espero que no. Te pido que no corras el riesgo, de todos modos. Perdona si te parezco arrogante. Sé que tienes mucha experiencia con los hombres, así que puede ser que sea yo quien corra el riesgo de enamorarme.

Sin duda, Jacob seguía enamorado de su antigua

prometida. Eso explicaba por qué había sido tan reticente a acostarse con ella, caviló Ariel. Incluso así, ella lo deseaba. Y estaba dispuesta a aceptar lo que él quisiera darle, aunque fueran solo las migajas de su corazón. Quizá ella podría hacer que la amara.

Con el corazón acelerado, se inclinó sobre él.

–Me doy por avisada. Ahora, bésame, Jacob Wolff.

Sus caras estaban casi pegadas. Pero él no se movió. Fue ella quien se acercó.

–Eres un hombre guapo, sexy y fuerte. Estoy dispuesta a tomar lo que quieras darme.

Jacob dejó escapar un gemido atormentado. Se colocó encima de ella, separándole los muslos con su pierna.

–Me preocupo por ti, Ariel.

Aunque sus palabras le dolían, pues demostraban que no la amaba, ella trató de ignorarlas.

–Demuéstramelo.

–Adoro tus pechos –dijo él, quitándole los tirantes y bajándole el vestido sin previo aviso. Comenzó a devorarle la piel desnuda con la boca.

Ella gritó de placer. Él la tumbó de medio lado para bajarle la cremallera. Luego, la levantó como si fuera una muñeca y la despojó de la ropa, dejándola solo con un tanga.

–Para, Jacob, por favor. Yo también quiero verte –pidió ella, tapándose los pechos con las manos.

Él se quedó paralizado, como un animal salvaje que oliera el peligro. Ella comenzó a quitarle la camisa y, entre un embrollo de brazos, entre los dos consiguieron desnudarlo.

Ver a su Wolff desnudo era, al mismo tiempo, impresionante y sobrecogedor. Era bello como una estatua clásica, con el pecho fuerte, hombros anchos, músculos perfectos. Y una erección inconmensurable.

¿Era posible que un hombre que llevaba cinco años sin tener sexo fuera suave y gentil?

Él le agarró los pechos, mientras la luz de la luna bañaba sus cuerpos con una luz etérea.

–Pareces una sirena –dijo él, apartándole el pelo de la cara con una sonrisa–. No pareces real.

Durante un instante, a Ariel le asaltaron recuerdos de la historia de la pobre Diane, pero intentó dejarlos a un lado. Jacob estaba allí con ella. Solo eso importaba.

Sintiéndose al mismo tiempo valiente y tímida, le rodeó la erección con ambas manos, acariciándola con suavidad hacia arriba y hacia abajo. Jacob echó la cabeza hacia atrás y se quedó rígido, como si lo estuvieran atormentando en un potro de tortura.

–Ariel…

Susurrando el nombre de él, Ariel siguió acariciándolo. De pronto, él gritó, llegando al orgasmo con fuerza.

–Ariel, oh, Ariel.

Sin saber qué hacer, ella lo abrazó y se acurrucó en su pecho.

Ver cómo un hombre tan poderoso temblaba a su merced la preocupaba. ¿Se pondría furioso con ella cuando saliera el sol? ¿La odiaría por haber destruido su autocontrol?

Ariel ansiaba que la poseyera, pero ya no quería tomar la iniciativa. Algo había cambiado entre ellos. Algo inmenso e innombrable que la asustaba y la emocionaba.

Jacob le acarició el pelo, poco a poco recuperando la respiración.

–Perdóname, princesa. Lo haré mejor a partir de ahora, lo prometo –se disculpó él y soltó una carcajada–. Aunque, si te dijo la verdad, ha sido mejor así. Quiero tomarme mi tiempo contigo.

–Promesas, promesas –se burló ella. En el fondo, sin embargo, sus palabras la calaban muy hondo.

Jacob se enderezó y, nada más mirarlo, ella supo que, a pesar de haber llegado el orgasmo hacía minutos, estaba listo para empezar otra vez.

–Me has embrujado –dijo él, besándola con frenesí–. Ya no sé quién soy...

Ariel lo miró a los ojos.

–Necesito que me hagas el amor, Jacob, más de lo que necesito el aire que respiro. Solo placer. Como me has prometido.

Capítulo Ocho

Ariel Dane, desnuda y reluciente bajo la luz de la luna, temblaba entre sus brazos. Él la acarició, emocionado.

Era la tentación en persona, la respuesta a todas sus plegarias, su recompensa por haber intentado siempre ser de utilidad al mundo, pensó él.

Lo único que quería era complacerla, podía darle lo que le había pedido. Placer. La agarró de las caderas.

–Agárrate a mi cuello –ordenó él y se levantó con ella.

Ariel le rodeó la cintura con las piernas. Apoyó la mejilla en su hombro, sin decir palabra.

Jacob la llevó hacia la orilla. Apenas había olas. Se adentró con ella en el mar. Ariel estaba aferrada a él. No habló hasta que el agua les llegaba a la cintura.

–¿Vas a ahogarme? –preguntó ella en tono tranquilo.

–¿Confías en mí?

–Siempre.

Una sola palabra, sencilla y sincera. Con una mano, comenzó a quitarle los pasadores del moño, dejándolos caer en el agua. El pelo de Ariel quedó suelto como una cascada de oro líquido.

–Quiero que flotes. Voy a mantener una mano debajo de ti, pero tienes que dejar que te sujete –explicó él y la colocó en posición horizontal, sosteniéndola de las caderas–. Cierra los ojos.

Ella obedeció.

–¿Ahora qué? –inquirió ella con una sonrisa.

–Nada. Solo siente.

Con la mano que tenía libre, Jacob le colocó el pelo, de manera que sus mechones quedaron flotando como si fuera una verdadera sirena.

Le acarició la frente, la nariz, las mejillas. Ariel estaba relajada. Sus pechos blancos, coronados por pezones color frambuesa, sobresalían en la superficie. Él se excitó acariciándolos con los dedos.

A continuación, encontró la única prenda que ella llevaba puesta. Un tanga de seda mojado. La tocó con suavidad y su erección creció cuando ella gimió y levantó las caderas para apretarse contra sus dedos.

Jacob la sujetó con ambas manos para que no se hundiera.

–Quieta –ordenó él–. Tú no te muevas. ¿Entendido?

–Sí –musitó ella.

Jacob la tocó de nuevo. En esa ocasión, un gemido fue la única reacción de Ariel. Él le apartó el tanga y jugueteó con el vello de su pubis. Encontró su centro de placer y lo acarició con mucha suavidad, apenas tocándolo. Deslizó un dedo en su interior, mientras le acariciaba el clítoris con el pulgar.

Al sentir su cálido interior, Jacob se imaginó penetrándola con su sexo y se excitó más todavía.

–Quiero poder penetrarte mejor –indicó él y le abrió las piernas un poco–. Pon tus tobillos alrededor de mi espalda. Mantén los brazos estirados detrás de la cabeza.

Ariel se abrió a él del todo. Era tan hermosa… Y confiaba en él. Era como una ninfa del mar, suplicándole que la poseyera.

Jacob la atormentó acariciándole el clítoris, mientras ella gemía. Con un rápido movimiento, le rasgó la seda del tanga, dejándola desnuda por completo. Entonces, se adentró un poco más en el agua, hasta que las piernas de ella quedaron a la altura del cuello de él. Y comenzó a lamerla.

Ariel soltó un grito sofocado de placer. Sabía a sal y a secretos. Con la lengua, la penetró una y otra vez.

Ella se retorció de placer, incapaz de estarse quieta. Jacob lamió y chupó y la penetró hasta que se quedó rígida y gritó el nombre de él al llegar al clímax.

Entonces, él la tomó en sus brazos y se dirigió a la playa. Ariel todavía tenía los ojos cerrados y los labios entreabiertos. Cuando llegaron a la manta, la depositó con cuidado y la secó con su camisa.

–Mírame –pidió él–. Ahora voy a hacerte el amor.

Ella entreabrió los ojos, brillantes de placer, y le lanzó una muda súplica.

–No sabía que podía sentirse algo así –musitó ella con voz apenas audible–. Más. Quiero más.

Su tono de urgencia hizo reír a Jacob.

–Lo que desees, princesa –dijo él e hizo una pausa–. Tengo preservativos en el bolsillo del pantalón. No te muevas.

–Estoy tomando la píldora –informó ella, agarrándolo de la muñeca.

Jacob le abrió las piernas y, antes de colocarse sobre ella, se quedó mirándola.

–Deja de mirar –dijo ella, avergonzada–. Sigamos con lo que estábamos haciendo.

–¿No has oído hablar de saborear las cosas despacio?

–Ya he saboreado bastante, gracias. Te deseo, Jacob Wolff.

Él se inclinó hacia delante, colocando la cabeza de su miembro entre las piernas de ella. Apoyándose en los brazos, presionó.

Ariel se tensó debajo de él.

–Despacio, por favor.

Eso iba a ser difícil, pensó Jacob. Quería tenerla por completo. En ese momento.

–Haré lo que pueda.

Jacob la penetró un poco más, tal vez, un centímetro, y encontró resistencia. Bastante resistencia. La oscuridad hacía imposible ver la expresión de ella. ¿Qué diablos estaba pasando? Se detuvo, con el cuerpo temblando.

–¿Ariel?

Ella se mordió el labio.

–Es mi primera vez, doctor. Así que ve con calma –pidió ella con voz ronca y emocionada.

Jacob no daba crédito.

–¿Eres virgen? –preguntó él. ¿La reina de la noche era virgen? No tenía sentido, pensó.

–¿Quieres hablar de esto ahora o prefieres terminar lo que has empezado?

El cuerpo de él latía de deseo. Si hubiera sabido la verdad, nunca habría permitido que aquello pasara.

–Maldición –rugió él y la penetró hasta que rompió la barrera de su virginidad.

El grito de dolor de Ariel y la lágrima que le rodó por la mejilla hicieron que Jacob se encogiera de culpabilidad.

–No te enfades, Jacob –suplicó ella, llorando–. Quiero esto. Te deseo. Por favor, no lo estropees.

En ese momento, a Jacob se le rompió el corazón. Una oleada de ternura lo invadió. Le limpió las mejillas con el dedo y fue penetrándola despacio, hasta que el cuerpo de ella le dio la bienvenida por completo.

–Relájate, princesita –le susurró él–. Respira. No me moveré hasta que estés lista –añadió y la besó. Quería demostrarle lo mucho que aquello significaba para él.

–Estoy bien. Es agradable.

¿Agradable? Jacob salió y volvió a entrar hasta el fondo de nuevo.

–Dime si te duele –insistió él, aunque le hubiera costado un mundo frenarse.

Ella lo rodeó con las piernas.

–Duele, pero me gusta –aseguró ella–. Me gusta que seas el primero. Había estado esperando a un hombre como tú. Inteligente, noble y amable.

Jacob se avergonzó al oír sus palabras. No era ningún héroe. Era una responsabilidad demasiado grande ser el primero. Aun así, la deseaba demasiado y siguió sumergiéndose en ella una y otra vez.

–No hables. Solo siente –ordenó él.

Sus cuerpos se unieron en el mismo ritmo. Ella le arañó los glúteos con las uñas. El dolor cedió ante el placer que la invadía.

Los dos llegaron al éxtasis al unísono.

Jacob se tumbó de lado, llevándola entre sus brazos. Encajaban a la perfección, como si hubieran sido amantes desde siempre.

La luna se había puesto y la playa estaba sumida en la oscuridad. Las estrellas brillaban sobre sus cabezas.

–No soy tonto –dijo él, acariciándole la espalda–. No me confesaste que eras virgen porque sabías que, si lo hubieras hecho, no te habría tocado.

–Me has pillado –dijo ella y le dio la espalda.

Jacob la oyó llorar y se sintió como un cretino. Sin medir sus palabras, dejó escapar la verdad.

–No me arrepiento, Ariel. Es la verdad. Esta noche ha sido un milagro. Tú eres un milagro.

Él le acarició los pechos, sabiendo que ningún hombre la había tenido antes que él. ¿Acaso Ariel no sabía que no era digno de ese regalo? Ella se merecía a alguien mejor.

Ella suspiró como respuesta.

–Mírame a los ojos –pidió él, tras colocarse encima de ella y penetrarla de nuevo–. Has despertado a la bestia –añadió, estremeciéndose de placer–. No sé si alguna vez conseguiré saciarme de ti.

Ariel se movió con él, levantando las caderas, rodeándole el cuello con los brazos y besándolo sin parar. Sus labios eran dulces, amorosos, adictivos.

Jacob creyó que habían llegado al orgasmo juntos de nuevo, pero no estaba seguro. Todavía no conocía bien el cuerpo de ella. Antes de que pudiera averiguarlo, sin embargo, cayó rendido en un pesado sueño.

Ariel se despertó al sentir que un cangrejito jugaba con los dedos de sus pies. Le dio una suave patada y bostezó. Todavía era de noche en la playa, aunque los primeros rayos de sol comenzaban a despuntar en el horizonte.

Trató de digerir lo que había pasado la noche anterior. Jacob la estaba abrazando con fuerza. Los dos estaban desnudos, pero él la había cubierto el torso con su chaqueta. Ella tenía las piernas y los pies helados, sin embargo, las partes de su cuerpo que estaban en contacto con él le ardían.

Una agradable sensación de dolor le recordó los momentos de pasión que habían compartido.

Sin embargo, una pena inmensa la invadía. No podía ignorar la verdad, ni transformarla en un final feliz al estilo de Hollywood. Estaba enamorada de un hombre que había enterrado su corazón junto con su prometida muerta.

Las cosas iban a ser mucho peores que antes. Había descubierto el indescriptible gozo de tener sexo con él, de escucharlo gemir su nombre mientras llegaba al orgasmo.

Acariciándole la espalda, pensó que esa podía ser la última vez que la abrazara de esa manera. Era el tipo de hombre que no toleraba fallos, ni en sí mismo ni en los demás. Y, a pesar de que en medio de la pasión había asegurado no lamentar lo que habían hecho, tal vez, a la luz del día, cambiaría de idea.

Si era así, debía aprovechar hasta el último momento, se dijo Ariel. Lo tumbó de espaldas con cuidado y, aunque gruñó un poco, él no se despertó.

Ariel lo acarició despacio, descubriendo maravillada cómo se hinchaba bajo su mano. Era un ser hermoso, cálido y lleno de vida.

Ella se quitó la chaqueta, se subió encima de él y se colocó sobre su erección. Poco a poco, fue bajando sobre ella.

Jacob gimió y le agarró de los glúteos. Abrió los ojos.

–¿Ariel?

–Espero que no te importe –dijo ella con tono provocativo y lo besó.

–Claro que no –repuso él y levantó las caderas para penetrarla en profundidad.

Entonces, aunque ella había tomado la iniciativa, fue él quien tomó el control. La hizo enderezarse. Él se sentó, agarrándola de la espalda y besándole los pechos. Le mordisqueó los pezones, haciéndola temblar de placer. Luego, encontró su clítoris con un dedo y la estimuló, lanzándola a los brazos del éxtasis. Sin la ansiedad y las molestias de la primera vez, fue interminable, impresionante.

Apenas consciente de lo que pasaba a su alrededor, notó que Jacob se estremecía y su miembro se descargaba dentro de ella.

–Cielo santo, doctor –musitó ella, derrumbándose encima de él–. Eres todo un hombre.

La manta estaba húmeda y pegajosa. La noche había sido muy húmeda. Ariel tuvo frío al tumbarse de nuevo. De pronto, cayó en la cuenta de algo.

–Jacob –llamó ella con urgencia–. Levanta. Tengo que volver al rodaje. Ay, madre. No me gusta llegar tarde. Vamos.

–Qué... –murmuró él, incorporándose. Se miró el reloj y maldijo–. Es culpa mía. Debí haber puesto la alarma.

Temblando, Ariel se puso el vestido y se pasó los dedos por el pelo.

–Igual no pasa nada. Están filmando en el puerto. Puede que el director empiece haciendo tomas de los barcos y los marineros. Tal vez no le importe tanto que yo no esté.

En realidad, Ariel lo dudaba, pero quería animar a Jacob, que parecía desolado.

En el coche, Jacob puso la calefacción unos minutos. Ariel sacó del bolso un peine, polvos de maquillaje y brillo de labios. Ajustó el espejo retrovisor para intentar arreglarse un poco.

Jacob le tocó en la muñeca, haciendo que ella parara un momento.

–Gracias. Nunca olvidaré esta noche.

–Ni yo –aseguró ella, volviendo la cara hacia él.

Nada de declaraciones de amor. Ni promesas de que repetirían. A Ariel se le empañaron los ojos y sintió un nudo en la garganta. No podía llorar delante de él.

***

Guardaron silencio durante los treinta minutos de trayecto. Cuando llegaron al puerto, ella se apresuró hacia los camerinos, pero se quedó paralizada a medio camino cuando vio que Rod Brikman se paseaba inquieto delante de la puerta.

–¿Dónde diablos has estado? –rugió Rod, rojo de furia–. Ya sé, ya sé, no es asunto mío.

–¿Qué pasa? –preguntó ella, deteniéndose delante de él. Parecía demasiado agitado solo porque hubiera llegado tarde. De pronto, se dio cuenta de Jacob y ella se habían dejado los teléfonos móviles en el coche toda la noche.

El director le puso las manos sobre los hombros.

–Tu madre está en la UCI.

Ariel perdió el equilibrio, las rodillas le fallaron. Jacob la sujetó por detrás.

–Puedo hacer que el jet venga a buscarnos cuanto antes.

–No hace falta –señaló el director, meneando la cabeza–. Ya os hemos reservado asiento en el próximo vuelo a Los Ángeles. Sale dentro de media hora. Harriet ha traído vuestro equipaje. Os podéis cambiar por el camino. Ella os llevará. Idos –indicó y miró a la actriz con compasión–. Te esperaremos aquí.

Ariel apenas fue consciente de las siguientes ocho horas. Jacob le dio algo para dormir.

Capítulo Nueve

Una mujer de rostro macilento descansaba en una habitación de hospital con los ojos cerrados. Ariel se limpió las lágrimas.

–Mamá. Soy yo.

Jacob observó a las dos mujeres mientras se abrazaban. Ariel se inclinó sobre la cama, pues su madre estaba demasiado débil para incorporarse.

El parecido era increíble. La señora Dane no tendría más de cuarenta y cinco años. Llevaba el pelo corto, rubio como el de Ariel, y tenía la misma estructura corporal que su hija.

–¿Qué te pasa, mamá? ¿Por qué estás aquí?

–Neumonía –contestó su madre, tosiendo–. El doctor dice que mi sistema inmune se ha debilitado por la quimioterapia. Pero estoy bien, pequeña. No tenías que haber venido.

–No digas tonterías. ¿Dónde iba a estar si no es aquí?

–¿Rodando una película? –replicó su madre con el mismo tono provocador que Ariel utilizaba a menudo.

–No te preocupes por eso. Vamos muy adelantados.

–Estoy muy orgullosa de ti, mi amor –afirmó su

madre, apretándole la mano–. Tienes talento y eres lista y dulce. La mejor hija que una madre podría desear.

–Ten cuidado –le advirtió Ariel, secándose las lágrimas–. Voy a pensar que estás al borde de la muerte si empiezas a exagerar. Soy la misma que quemó las cortinas de casa y metió las piernas de Barbie en la tostadora.

–Tenías mucha imaginación.

–Era incorregible.

Las dos mujeres se abrazaron y, durante un instante fugaz, Jacob recordó la imagen de su madre dándole las buenas noches. Era un recuerdo hermoso. Feliz.

Pero no había tenido tiempo de disfrutar de su madre. Al pensar en Ariel, se le encogió el corazón. La mujer que estaba tendida tenía poco tiempo de vida. Podía morir el día siguiente o dentro de una semana. Y no había nada que se pudiera hacer.

La señora Dane levantó la vista hacia él.

–¿Es este el médico? –le preguntó a su hija en voz baja.

–Sí. En el rodaje piensan que es mi novio –repuso Ariel–. Nadie sospecha nada. Por suerte, he tenido muy buena salud.

Su madre asintió, sin quitarle los ojos de encima a Jacob. Él se encogió.

–¿Puedes ir al quiosco y traerme el último número de *People*? –le pidió su madre a Ariel–. Una de las enfermeras dice que salen fotos tuyas. Mientras, Jacob y yo podemos charlar y conocernos mejor.

Ariel titubeó.

–Vete, Ariel –ordenó su madre con autoridad–. Prometo no contarle tus secretos embarazosos.

–Ya conozco algunos –señaló Jacob, riendo.

Ariel se puso en pie y se dirigió a la puerta. Jacob le acarició el brazo y se percató de que ella estaba a punto de derrumbarse.

–Estaremos bien –le susurró él.

Ella no respondió. Sus ojos estaban llenos de tristeza.

–Ahora vuelvo.

Cuando Ariel hubo salido, Jacob puso una silla junto a la cama.

–No se ande con rodeos –pidió él, sentándose–. Dígame lo que le ronda la cabeza –añadió, adivinando sus intenciones.

–¿Mi hija dice la verdad? ¿Se ha curado de la malaria?

–No del todo. Podría tener recaídas durante el próximo año. Pero, desde que llegamos a Antigua, ha estado muy bien.

–Me estoy muriendo.

–Sí, señora. Ella me lo contó.

–Pero tú lo sabes de todas maneras, pues eres médico.

–No siempre pasa lo que los médicos prevén –indicó él–. Depende de las ganas de luchar que tenga el paciente, de la medicación…

–Eres un hombre inteligente. Pero se me acaba el tiempo. ¿Vas a ser tú quien se ocupe de mi niña cuando me haya ido?

La señora Dane no se anduvo con rodeos. Jacob se sintió presa del golpe de todas sus incertidumbres.

–Ariel es una mujer muy fuerte. No necesita que un hombre cuide de ella. Pero seré su amigo, sí.

–¿La amas?

–La respeto y la admiro.

–No has respondido mi pregunta. Sí o no.

–No –repuso él tras un largo silencio en que todos sus traumas lo acosaron al mismo tiempo–. No la amo. Pero juro que me ocuparé de que esté bien, pase lo que pase. Tiene usted mi palabra.

Ariel se quedó petrificada al otro lado de la cortina que cubría la habitación. Cuando había salido, se había dado la vuelta para preguntarle a Jacob si quería algo. Por eso, había oído parte de la conversación.

Él no la amaba.

Un mar de desolación amenazó con tragársela allí mismo. Contuvo las lágrimas para no delatar su presencia. Al otro lado de la cortina, estaban las dos personas que más amaba y, antes o después, iban a dejarla sola.

Intentó mantener la compostura.

Jacob no la amaba...

Algo andaba mal, caviló Jacob. Al llegar al hospital, ella había llorado, aceptando de forma sana la situación de su madre. Pero, desde que había vuelto del estanco, tenía una expresión extraña.

Una enfermera les recordó que la paciente necesitaba descansar.

Jacob le estrecho la mano a la señora Dane.

–Coma. Descanse. Haga lo que le dicen.

–Lo haré, te lo aseguro –dijo y abrazó a su hija con ojos llenos de pesar.

Ariel salió delante de él a toda velocidad. Decidieron quedarse en un hotel cercano al hospital, para visitar a la señora Dane todo lo posible.

Nada más entrar en su habitación, Ariel se quedó dormida. Jacob vio la televisión sin volumen. Revisó su correo electrónico en el teléfono y mandó mensajes a sus hermanos y su padre.

Ariel se despertó justo antes de las seis.

–Es hora de volver –dijo ella, apartándose el pelo de la cara.

–Tienes que comer.

–No tengo hambre.

–Una sopa, aunque sea –insistió él, preocupado por su mal aspecto.

–No puedo. No quiero perderme las horas de visita.

Fueron caminando al hospital. Ariel se había cepillado el pelo y se había hecho una cola de caballo. Parecía más joven y vulnerable que nunca.

–¿Puedes examinarla para ver si los médicos van por el buen camino? –preguntó Ariel en la entrada, deteniéndose un momento.

–No soy su médico. No sería apropiado –objetó él, encogiéndose de hombros.

–¿Y si ella lo solicita? Sería como una segunda opinión o algo así. Por favor, Jacob.

–Solo si tu madre quiere –contestó él. No podía negarle nada a esos ojos suplicantes.

–Querrá.

–Esperaré aquí para que podáis hablarlo en privado.

Mientras esperaba en el pasillo, Jacob adivinó que Ariel esperaba que hiciera un milagro. Pero él no sabía hacerlos.

Cuando entró en la habitación, la señora Dane tenía los ojos cerrados y respiraba con dificultad. Ariel asintió.

–Dice que sí. Una enfermera viene para acá con unos papeles que tienes que firmar.

–Tendré que ver su historial.

Jacob sacó su pequeño maletín de médico, con el que viajaba a todas partes, y examinó a la paciente con atención. Frunció el ceño cuando la auscultó. Tenía una neumonía importante.

Cuando terminó su examen, la señora Dane parecía muy incómoda. Por suerte, apareció una enfermera que le administró una medicación para el dolor. Mientras, Jacob echó un vistazo al historial.

Los resultados de los análisis de sangre eran alarmantes. Y el cóctel de medicinas que el médico le había prescrito encajaba con los nuevos protocolos de tratamiento.

Jacob no vio nada raro, ninguna decisión de los médicos que pudiera poner en duda. Eso significaba que no podía darle esperanzas a Ariel.

Ariel subió nada más recibir un mensaje de texto de Jacob, indicándole que había terminado.

–Bueno, ¿cuál es tu veredicto, doctor?

–¿Salimos un momento?

–Nada de secretos –protestó la señora Dane–. Me gustan las verdades directas.

–Lo entiendo –asintió Jacob–. ¿Por qué no tomas asiento, Ariel?

Ella se sentó junto a su madre, en la cama. Las dos se dieron las manos, mirándolo como si fuera un verdugo.

–Dinos qué piensas –pidió Ariel.

–Tu madre está muy enferma, como ya sabías. Está respondiendo al antibiótico, aunque despacio. La buena noticia, señora Dane, es que cuando la infección haya cedido, no se encontrará peor de lo que estaba antes. Esto pasará.

–¿Y el cáncer?

–Es lo que es. Las dos habéis hablado con el médico sobre su evolución. He visto las pruebas y el historial y no parece que se hayan equivocado en el diagnóstico. El tratamiento ha funcionado como se esperaba.

La expresión de Ariel era difícil de descifrar.

–¿Estás decepcionada o contenta? –quiso saber él.

–Las dos cosas, supongo –admitió ella y se mordió el labio–. ¿Así que tú habrías hecho lo mismo que sus médicos?

–Sí.

–Entiendo.

–Lo siento –dijo él con el corazón encogido–. Me gustaría poder darte otra respuesta.

–Son buenas noticias, Ariel –señaló, mirando a su

hija–. Pronto, estaré como antes. Estoy decidida a ver los Oscar cuando te llamen para darte la estatuilla.

Una enfermera les avisó de que tenían que irse ya. Ariel abrazó a su madre.

–Volveremos por la mañana.

–Si me sacan de cuidados intensivos, quiero que vuelvas a Antigua.

–No pienso dejarte –negó Ariel con cara triste.

Jacob se encogió por dentro. Él no había tenido tiempo para despedirse de su madre. Una mañana, se había sentado a desayunar con ella y, por la tarde, ella había desaparecido. No sabía si era mejor o peor saber que el final se acercaba.

–Hasta mañana, mamá.

Fuera de la habitación, Jacob la tomó del brazo.

–Tienes que cenar.

–Bien. Elige tú el sitio –aceptó ella sin oponerse.

Caminaron un par de manzanas y encontraron un restaurante italiano que olía de maravilla.

Aunque ella se mostró ausente y poco habladora, Jacob consiguió que se comiera media ensalada y un plato casi entero de lasaña. También le sirvió un poco de vino tinto.

–Creo que deberías irte a tu casa –dijo ella, de pronto, con la mirada turbia–. Te he sacado de tu clínica bajo falsas pretensiones. No estoy enferma. Además, ya hemos filmado lo bastante como para que no puedan prescindir de mí en la película. Puedes irte mañana.

Capítulo Diez

Jacob se despertó en medio de la noche, desorientado, con el corazón acelerado.

Estaba tumbado sobre las sábanas, vestido. Miró la hora en su teléfono. Eran las tres y media de la madrugada. Entonces, de pronto, se dio cuenta de lo que lo había despertado.

Ariel estaba llorando. Se acercó a ella.

–¿Ariel? Tranquila. Estoy aquí –la consoló él y la abrazó–. Todo va a ir bien.

Jacob tardó unos segundos en darse cuenta de que estaba llorando dormida.

La sacudió con cuidado, para despertarla de su pesadilla.

–Despierta, princesa.

Al fin, Ariel se movió. Él quiso encender la luz para poder ver su cara, pero temía que a ella le hiciera daño a los ojos. Le acarició el pelo.

–¿Estás despierta?

Ella enterró la cabeza en su pecho y asintió. Al abrazarla así, el cuerpo de Jacob reaccionó de forma inevitable. No podía estar cerca de ella y no desearla, sobre todo, cuando ya sabía cómo era sumergirse en su cálido interior.

Sin embargo, no era momento para la lujuria, se

reprendió a sí mismo. Ella necesitaba un amigo, no un amante. Aunque ella parecía opinar lo contrario, porque le rodeó el miembro erecto con la mano.

–Hazme el amor, Jacob –susurró ella–. Para hacerme olvidar.

–Deja que te abrace nada más –pidió él y, con suavidad, le apartó la mano–. Ha sido un día muy duro.

–Lo siento –dijo ella de forma abrupta, poniéndose tensa–. No debería haber asumido…

¿Qué diablos estaría pasando por su cabeza? Frustrado y excitado, Jacob encendió la luz.

–¿Qué quieres decir? –preguntó él.

Ella se sentó y lo miró, abrazándose de la cintura. Hondas ojeras pintaban su cara. La enorme camiseta que se había puesto para dormir le resultó a Jacob tan sexy como el más atrevido de los saltos de cama.

–Soy nueva en esto del sexo. No debí asumir que íbamos a seguir haciéndolo. Lo nuestro no es una relación, ¿verdad? ¿Cómo podemos llamar a lo que pasó? Fue solo un polvo de una noche, ¿no es eso?

Él parecía enfadado.

–¿Quieres hacerme perder los nervios? –preguntó él con la mandíbula tensa.

–No sabía que un hombre de tu inteligencia pudiera perder los nervios –comentó ella, encogiéndose de hombros.

–Si quieres tener una pelea, Ariel, dímelo. Haré cualquier cosa que necesites para sentirte mejor.

–No me trates como si fuera una niña –protestó ella–. Y no me mientas.

–Me han llamado muchas cosas en mi vida, pero

nunca mentiroso –repuso él, rojo de furia–. ¿Puedes elucidarlo?

–¡Deja de usar palabras que no entiendo! –le gritó ella–. Ya sabes que solo acabé el instituto.

–Oh, por todos los santos –rugió él, se levantó y empezó a desnudarse.

–¿Qué estás haciendo? –preguntó ella, abriendo los ojos de par en par.

–Voy a tener sexo contigo.

–Nada de eso. No quiero ser una obra benéfica para ti.

Desnudo, Jacob se subió a la cama y la tumbó de espaldas.

–¿Te parece a ti que te estoy haciendo un favor? le espetó él y se colocó entre sus piernas, presionando su enorme erección contra la ropa interior de ella.

Ariel se aferró a la sábana.

–Hace un minuto no me deseabas.

–Claro que sí –repuso él, conmovido por su vulnerabilidad y su inocencia–. Pero estaba intentando cuidar de ti.

–Sigue intentándolo.

Su respuesta hizo reír a Jacob. Él la superaba en años y en experiencia, pero ella tenía un genio que se sostenía por sí mismo.

–Vivo para complacerte –dijo él y le deslizó dos dedos debajo de las braguitas para comprobar si estaba lista. Estaba mojada y caliente.

Ariel lo observó con los ojos muy abiertos.

–Puedes tocarme tú también –sugirió él y la penetró. Todo su cuerpo se estremeció de placer.

Con timidez, Ariel le acarició la espalda.

–¿Te hago daño?

–No lo sé, estoy demasiado ocupada gozando –contestó ella con una sonrisa.

Jacob miró su reflejo en el espejo del armario. Hacían una pareja perfecta. Ella, pálida y adorable. Él, oscuro y dominante.

Pero esa imagen no era real. No estaban hechos el uno para el otro. Jacob era un solitario y Ariel había nacido para triunfar en la vida.

Ella todavía llevaba puesta la camiseta. Jacob había tenido tanta prisa por sumergirse en su interior, que no se había parado a quitársela. Pero quería verla desnuda.

–Siéntate –ordenó él y la ayudó a incorporarse y a desvestirse del todo.

El movimiento hizo que la penetrara más, tanto que él estuvo a punto de llegar al clímax.

–Una cosa –dijo ella, sacándolo de su ensimismamiento–. ¿Crees que puedo intentar eso del multiorgasmo o tengo que ensayar más?

–Diablos, Ariel... –musitó él, rindiéndose a los brazos del éxtasis. Volcó su semilla dentro de ella y se quedó inmóvil.

–Me gusta saber que me deseas –comentó ella, acariciándole la espalda.

–Lo siento –murmuró él. Sabía que ella no había llegado al orgasmo.

–¿Por qué?

–Por ser egoísta.

–Eres el hombre menos egoísta que conozco –aseguró ella, soltando una risita–. Lo que pasa es que te vuelvo loco y no puedes evitarlo –añadió, triunfal.

–Sí, la verdad es que sí –admitió él, sonriendo–. Pero ahora ya estoy en mis cabales. Prepárate.

Se inclinó sobre el pubis de ella, listo para rendirle homenaje.

–Oh, cielos –musitó ella.

Fueron sus últimas palabras antes de llegar al éxtasis. Jacob se dedicó a explorar cada milímetro y cada pliegue, descubriendo cómo reaccionaba el cuerpo de ella. Con sumo cuidado, le acarició el clítoris con el pulgar y el dedo índice. Con la otra mano, prestó atención a sus pechos, haciéndola estremecer.

Luego, le acarició el vientre y las piernas. Cambiando de posición, le chupó los dedos de los pies.

Ariel gritó, retorciéndose, tratando de llevarlo adonde ella quería.

Cuando parecía a punto de volverse loca, Jacob le introdujo dos dedos, tocándole el clítoris al mismo tiempo. Fue suficiente para llevarla al clímax.

–¿Jacob? –llamó ella, cuando se hubo recuperado de los últimos espasmos de placer.

–Duérmete, pequeña –le susurró él, después de una pausa, y la cubrió con el edredón– Tenemos todo el tiempo del mundo para hablar.

Tenían todo el tiempo del mundo, eso le había dicho Jacob. Sus palabras todavía resonaban en los oídos de Ariel cuando se despertó. Ojalá fuera cierto, pensó. La experiencia de dormir con un hombre era nueva para ella. Él la abrazaba con fuerza, con una pierna encima de ella. Le gustaba.

–¿Es hora de ir al hospital? –preguntó él, desperezándose.

–Aún, no. Vuelve a dormirte.

–Prefiero hablar.

Vaya, iba a ser difícil escaparse de esa, pensó Ariel.

–Tú primero –pidió ella, insegura.

–¿Cómo puede ser que seas virgen? –quiso saber él. Entrelazó con ella su mano–. No tiene nada que ver con la imagen que venden de ti en la prensa.

–Mi madre era y es muy protectora –admitió ella, después de una pausa y de acurrucarse en su abrazo. Cuando, con trece años, ganas en una semana más de lo que muchas familias ganan en todo un año, la vida puede ser muy confusa. Mi madre me ayudó a no salirme del buen camino.

–¿No intentaste nunca rebelarte?

–Lo habría hecho, de no ser por algo que pasó cuando tenía quince años.

–¿Qué? –inquirió él, tenso.

–Un director intentó violarme en mi camerino –contó ella, ante la mirada horrorizada de su interlocutor–. Por suerte, mi madre volvió a tiempo. Le dio una patada en los testículos y juró que llamaría a la policía si volvía a acercarse a mí.

–¿Y tú qué hiciste?

–Estaba muy asustada –recordó ella, incómoda por rememorar aquella terrible tarde–. Creo que la experiencia me traumatizó durante mucho tiempo, pero mi madre me llevó al psicólogo. Conseguí superarlo, más o menos, pero construía barreras a mi alrededor. Mi madre se esforzaba porque siempre hubiera chicos de mi edad en casa para que pudiéramos comportarnos como adolescentes normales.

–Tu madre hizo una labor admirable contigo. ¿Pero qué pasó cuando cumpliste veinte años? ¿No querías mudarte de casa?

–Podría haberlo hecho. Tenía dinero de sobra. De hecho, mi madre me lo sugirió en una ocasión. Creo que temía que no pudiera tener una relación normal con un chico a causa de lo que pasó.

–¿Salías con alguien entonces?

–Claro. Salía todo el tiempo y me divertía. Pero conocía mis límites y no quería entregarme a cualquiera. Tomé lecciones de defensa personal y evitaba las drogas a toda costa para no perder el control. El vicio abunda en mi campo de trabajo.

Jacob se quedó callado, como si necesitara digerir su historia.

–¿Y por qué yo? –inquirió él, sin andarse por las ramas–. ¿Por qué ahora?

Ese había sido el momento que Ariel había estado temiendo. No podía decirle que lo amaba. Si lo hacía, su rígido código de honor le dictaría que se quedara con ella por haberse llevado su inocencia. Y eso era lo último que ella quería.

Ariel se tragó las lágrimas y reunió fuerzas para representar el papel más difícil de su vida.

–Ya era hora. No quería ser un bicho raro. Me has

resultado útil, no te ofendas –afirmó ella con tono desapegado–. Y sabía que podía confiar en ti. Además, no me has decepcionado.

–Bueno, algo es algo –repuso él, malhumorado, y se levantó de la cama–. ¿Te importa pedir el desayuno al servicio de habitaciones? Voy a prepararme. No quiero llegar tarde a las horas de visita.

Jacob intentó actuar con normalidad el resto del día, aunque sus sentimientos eran un caos desmadejado. La señora Dane fue trasladada a una habitación en la planta normal e insistió en que su hija volviera al trabajo. Al fin, Ariel decidió hacerlo. El jet los llevó a Antigua para la hora de la cena.

Jacob no estaba seguro de qué pasaba, pero notaba algo extraño en Ariel. Quizá, solo estaba preocupada por su madre. O, tal vez, se arrepentía de los momentos de intimidad con él.

Nada más llegar, Ariel tuvo que dedicarse por completo al rodaje. El tiempo apremiaba, pues había que terminar antes de que la temporada de lluvias arreciara.

Una tarde Jacob quedó impresionado por la actuación de Ariel. En la escena, un marinero borracho la acosaba en el puerto, acorralándola en un callejón. Ella tenía que luchar y, al final, ser rescatada por el oficial del que estaba enamorada.

–No grites, zorra –le amenazaba el borracho, agarrándola del pelo–. Ven aquí o te haré callar para siempre.

A Jacob se le aceleró el pulso, aunque fuera solo ficción. Ella parecía tan frágil, tan desvalida…

De pronto, aparecía su amante y golpeaba al atacante, dejándolo inconsciente.

–¡Corten! –gritó Rod, satisfecho–. Fabuloso. Ya está. Id a tomar un poco el sol.

Ariel se acercó a Jacob con el pelo enredado y las mejillas sucias de barro.

–Estoy destrozada –dijo ella, pálida y con ojeras–. ¿Te importa si cenamos en la habitación?

–Claro que no.

En el camino de vuelta al hotel, Ariel no dijo ni una palabra, a pesar de que siempre solía charlar animadamente con Harriet. Tenía la cabeza apoyada en el hombro de Jacob y los ojos cerrados. Tenía la cara blanca como la leche.

Apenas tuvo fuerzas para caminar hasta la habitación y él pensó, preocupado, que su viaje a Los Ángeles le había supuesto un gasto demasiado grande de energía.

–¿Te importa pedirme una sopa mientras me ducho? –pidió ella al entrar en la suite–. Tengo el estómago un poco revuelto y no quiero comer nada más.

–Claro –afirmó él y le acarició los brazos–. ¿Quieres que te ayude?

–No seas cochino –bromeó ella, esbozando una débil sonrisa.

–Te hablo como médico. No quiero que te desmayes en la ducha –aclaro él.

–Estoy bien –dijo ella, frotándose los ojos como una niña pequeña–. Solo necesito ponerme ropa limpia, comer algo ligero y dormir.

De todos modos, cuando la oyó abrir los grifos del

agua, Jacob entreabrió una rendija de la puerta del baño, pues no se fiaba mucho. Ariel parecía al límite de sus fuerzas.

–¿Mejor? –preguntó él cuando la vio aparecer, vestida con unos pantalones de pijama de algodón y una camiseta de tirantes.

–Mucho mejor –contestó ella, aunque estaba temblando.

–Deja que te seque el pelo.

Que Ariel no protestara era señal de lo agotada que estaba. La peinó y comenzó a secarle el pelo con el secador.

–Creo que tu talento de peluquero supera al de médico –bromeó ella con una sonrisa.

–Solo soy un aficionado –dijo él. Cuando el pelo ya no estaba húmedo, dejó el secador y la besó detrás de una oreja. Estaba muy excitado pero, por el momento, se limitaría a cuidar de ella. Odiaba verla tan delicada y frágil. Entonces, recordó la promesa que le había hecho a su madre de cuidarla. Se le encogía el corazón de pensar que Ariel se quedara sola en el mundo cuando la señora Dane muriera–. Ya está.

–Gracias.

El timbre sonó y Jacob hizo pasar al mozo del servicio de habitaciones. Después de firmarle un autógrafo al joven embelesado, Ariel se sentó, probó tres cucharadas y apartó el plato.

–Lo siento, Jacob. No tengo ganas de comer. Quizá, luego. Voy a tumbarme en el sofá. La tele no me molesta, si quieres ponerla. Estoy demasiado cansada.

Cuando ella se acurrucó en el sofá y Jacob se dio cuenta de que le temblaba todo el cuerpo, tuvo un mal presentimiento. Se acercó para tocarla, pero estaba ya dormida. Y no dejaba de tiritar.

–Ariel, ¿me oyes? –llamó él, cubriéndola con una manta.

–¿Es la malaria? –preguntó ella con un hilo de voz.

–Sí –respondió él. Desde el principio, había temido que ese día llegara antes o después–. ¿Cómo te encuentras?

–Tengo mucho frío.

Jacob la tomó en sus brazos y la llevó a la cama. Se acostó a su lado, bajo las mantas. Ni siquiera el calor de su cuerpo bastó para que dejara de tiritar.

–¿P-por qué vuelve?

–Tienes parásitos enquistados en el hígado. De vez en cuando, se ponen en acción –explicó él. Se le encogió el corazón al pensar que podía haber muerto en aquella selva... Y todavía no había pasado todo, pues había peligro de que los riñones sufrieran daños irreparables.

–¿P-puedes decirle a Rod que no iré a trabajar mañana?

–¿Le digo la verdad?

–Dile que es... un virus. Nadie n-nos molestará –musitó ella y cerró los ojos–. Solo necesito un p-par de d-días.

Jacob la abrazó con más fuerza, intentando protegerla de los escalofríos.

–No te preocupes. Harán lo que puedan sin ti. Te pondrás bien enseguida.

Acto seguido, Ariel cayó en un estado de semiinconsciencia. Jacob salió solo un instante, para hablar con Rod.

–Cuida de nuestra pequeña –pidió Rod, muy preocupado.

–Lo haré.

–Dile que se tome su tiempo, que no hay prisa.

Fue una larga noche. Jacob no pudo pegar ojo. Tuvo que forzarla a beber, en ocasiones, y no pudo evitar recordar la larga enfermedad de Diane. A la una de la madrugada, Ariel se despertó con un dolor de cabeza terrible y mucha fiebre. Él le pasó paños de agua templada por todo el cuerpo.

No podía hacer mucho más y eso lo enfurecía. A las cinco, al fin, la fiebre cedió. Ariel empezó a sudar y a gemir cada vez que la hacía beber un poco de agua.

–No me dejes –rogó ella, agarrándolo de la muñeca.

–Aquí estoy –le susurró él, acariciándola.

¿Pero durante cuánto tiempo iba a estar con ella?, se preguntó Jacob. Entonces, la verdad lo golpeó como una patada en el estómago. No podía permitirse amarla. El riesgo era demasiado grande. Ya había perdido a dos mujeres en su vida y no podía arriesgarse a que le volviera a pasar.

Lo más cabal sería volver cuanto antes a su montaña, se dijo él. De todas maneras, había prometido protegerla. Se quedaría con ella hasta el final del rodaje. Ni un día más.

Capítulo Once

Ariel abrió los ojos despacio. Le dolía todo el cuerpo, como si le hubieran dado una paliza.

–Lo peor ha pasado. ¿Crees que puedes comer algo? Tengo caldo de pollo caliente en la otra habitación. Cuando miró a su alrededor, se dio cuenta de que estaba en la habitación de su suite. No tenía ni idea de qué hora era, estaba confundida. El reloj marcaba las siete de la tarde, tal vez, solo se había dormido un rato después del rodaje del día. Tenía recuerdos borrosos de Jacob a su lado, en la cama.

–¿Jacob? –llamó ella, un poco asustada.

Él apareció de inmediato en la puerta. Estaba descalzo y tenía el pelo revuelto.

–Dime. ¿Estás bien?

–¿Qué ha pasado? –preguntó ella e intentó tragar. Tenía la boca muy seca.

–Has tenido un brote de malaria –repuso él con voz serena.

–¿Está bien ese reloj?

–Sí. Has estado fuera de combate un poco más de veinticuatro horas.

Cielos. Ariel tenía el estómago revuelto, pero aceptó comer para no disgustar a Jacob.

–Tomaré algo de sopa, de acuerdo.

Algo había cambiado en Jacob, pensó ella y, tras unos momentos, se dio cuenta de qué. Él estaba actuando como un médico, muy competente, pero muy distante.

Jacob le trajo el caldo y la observó mientras comía, sentado en una silla a su lado. Por suerte, Ariel pudo terminárselo, cucharada a cucharada.

–He hablado con Rod –informó él de golpe–. Le dije que lo peor de tu enfermedad ya había pasado, pero que necesitabas descansar mañana. Me dijo que podías incorporarte pasado mañana.

Ariel asintió.

–Tienes muy mal aspecto –comentó ella, tras contemplarlo un rato.

–Cuando duerma, estaré mejor.

–Yo me siento débil y tú estás agotado de cuidarme. ¿Por qué no nos acostamos ya?

Con el corazón encogido, Ariel notó que él titubeaba.

–Esta noche, dormiré en el sofá, para no molestarte –afirmó él al fin.

–La cama es muy grande –insistió ella. Entonces, recordó lo que Jacob le había dicho a su madre. No la amaba. Ni siquiera le tenía el cariño suficiente para dormir con ella. Era un hombre demasiado duro, sin ninguna debilidad.

–Descansa, Ariel. Estaré en la otra habitación, si me necesitas.

***

Al día siguiente, Ariel apenas vio a Jacob. Tras darse una ducha y dormir un par de siestas, se sentía mejor, lista para seguir trabajando.

Durante varias jornadas, compartieron la suite como dos extraños, durmiendo en camas separadas. Al fin, terminó el rodaje. La fiesta de despedida iba a ser el viernes, antes de que todo el mundo se fuera el sábado.

El viernes por la tarde, Ariel se dirigió a la playa, sumida en sus recuerdos. A pesar de todo lo que había pasado, sus días con Jacob habían sido idílicos. Como si lo hubiera conjurado con sus pensamientos, él apareció allí. Iba vestido con traje de chaqueta, impecable.

–Todavía es pronto para la fiesta –comentó ella.

–Tengo que irme a casa, Ariel –informó él con los ojos puestos en el horizonte.

–¿Te vas? No entiendo. ¿Por qué tanta prisa?

–No tengo prisa –repuso él con gesto impenetrable–. Llevo mucho tiempo fuera. Mi trabajo me espera.

–Pero… –balbuceó ella y se detuvo–. Pensé que te quedarías hasta el final.

–Esto es el final –afirmó él y la besó en los labios con rapidez–. Adiós, princesa.

Jacob no encontró la paz en su laboratorio, ni en su montaña. Todo le hacía pensar en Ariel.

No podía dejar de recordar su risa, su sentido del humor, su personalidad inocente y pragmática. Y su belleza. Por las noches, apenas podía dormir y se retorcía entre las sábanas soñando con poder tocarla.

Dejarla había sido inútil. Tenía a Ariel metida en la cabeza, en el corazón.

Sus hermanos se dieron cuenta de que algo le pasaba, pero no lo presionaron.

Dos meses después de que hubiera dejado a Ariel en la playa, en una tarde lluviosa, Jacob fue a visitar la tumba de su madre, en un pequeño jardín en la ladera de la montaña.

De pronto, sus hermanos Kieran y Gareth aparecieron entre la niebla.

–Tengo la sensación de que me estáis persiguiendo todo el rato –dijo él, frunciendo el ceño–. No os preocupéis, no tengo intención de volarme los sesos. Aunque haya echado mi vida a perder...

–Nunca es tarde para arreglar las cosas –opinó Kieran con gesto serio.

–Me he comportado como un imbécil y creo que le he roto el corazón a la chica más guapa del mundo. ¿Cómo voy a arreglar eso?

–¿La amas? –preguntó Kieran.

–Sí –reconoció Jacob con un nudo en la garganta–. La amo.

–Entonces, ve. Haz lo que tengas que hacer. Pero no sigas esperando –le aconsejó su hermano, dándole ánimos.

Cuando se hubo quedado a solas de nuevo, Jacob siguió cavilando lo idiota que había sido.

Los muros detrás de los que había tratado de protegerse habían sido inútiles. No había en el mundo una armadura lo bastante fuerte para protegerlo de Ariel.

Ella le había ofrecido su alegría, su inocencia. Y él la había pisoteado. Peor aun, la había abandonado, dejando que creyera que no había sido más que una aventura.

Quizá, su vida de ermitaño no había sido más que una forma de cobardía. La vida lo había marcado con la tragedia, en el pasado. Pero lo que estaba sufriendo en el presente era solo culpa suya.

Ariel debía de odiarlo, pensó. Pero, de todos modos, tenía que decirle lo que sentía. Ella se merecía saber que lo que había pasado en aquella playa de Antigua había supuesto un punto de inflexión también para él.

Jacob hizo la maleta y, justo cuando se preparaba para salir en el jet de la familia, le sonó el teléfono. Era el prefijo de California.

–¿Hola? –contestó él con el corazón acelerado.

–¿Wolff? Rod al habla.

–¿Es por Ariel? ¿Qué le pasa? –preguntó él, asustado.

–Te necesita, Wolff. Su madre murió ayer por la mañana. Tomó a todo el mundo por sorpresa. Fue un ataque al corazón. Ariel se está ocupando de todo sola. Te necesita.

Durante el vuelo, Jacob fue incapaz de dormir. Solo podía pensar en Ariel, frágil y vulnerable.

Cuando aterrizó, le estaba esperando una limusina. Él le dio la dirección y, en unos minutos, llegaron a una comunidad de vecinos cerrada, en un barrio rico en el norte. Bajó la ventanilla para hablar con el guarda de la garita de la entrada.

–Soy Jacob Wolff. He venido a ver a Ariel Dane. Me envía su director, Rod.

–¿Jacob Wolff? –preguntó el guarda, un hombre de unos sesenta y pico años con aspecto bonachón–. Pase. Es una pena lo de la señora Dane. Era una dama muy amable –añadió y apretó un botón para que el coche pudieran pasar–. Dígale a Ariel que le mando mi cariño. Siempre me regala chocolatinas y un billete de quinientos dólares en Navidad. Adoro a esa niña.

Dos minutos después, Jacob estaba llamando a la puerta de Ariel. Ella le abrió con ojos enrojecidos de llorar, una cola de caballo destartalada y descalza. Para él, nunca había estado más hermosa. Se contuvo para no tomarla entre sus brazos.

–Hola, Ariel.

–Vete a casa –dijo ella sin andarse con rodeos–. Sé la promesa que le hiciste a mi madre. No te necesito. Eres libre.

Cuando ella iba a cerrar, Jacob adelantó el pie para impedírselo.

–He venido desde muy lejos para hablar contigo.

–¿Y tengo que darte las gracias?

–Déjame entrar, Ariel, por favor.

Ariel se sentía a punto de derrumbarse. Llevaba semanas soñando con Jacob, recordando cada momento con él. Verlo allí, en carne y hueso, le provocaba un terremoto de emociones contradictorias. Al final, su deseo de tenerlo cerca venció.

–De acuerdo. Entra, pero no soy muy buena compañía.

Jacob entró y, sin poder contenerse más, la abrazó.

–Lo siento, Ariel, lo siento mucho.

Sin palabras Jacob le estaba ofreciendo la oportunidad de desahogarse y llorar en el hombro de un hombre fuerte. Pero ella no podía permitírselo. Había derramado mares de lágrimas en las últimas horas. Sin embargo, no podía caer en la tentación de creer que su relación podía ser algo duradero y sólido.

Lo que Ariel necesitaba no era su compasión. Podía enfrentarse sola a la muerte de su madre. Se sentía preparada para ello.

–Estoy bien, Jacob –aseguró ella y lo apartó, posando las manos en el pecho de él–. Sabía que esto iba a pasar. Mi madre murió en paz. Estaba lista para irse.

Jacob se cruzó de brazos, observándola con intensidad.

–No tienes por qué hacerte la fuerte delante de mí.

–Esta noche será el velatorio –dijo ella, encogiéndose de hombros–. Puedes venir.

–¿Y luego?

–Luego, te vas.

–No tengo reserva en ningún hotel.

–Puedes dormir en tu jet.

–Había pensado en quedarme unos días contigo.

–No –negó ella, poniéndose rígida–. No necesito tu compasión. Estoy bien.

–No lo parece.

–Qué halagador.

–Eres la mujer más provocadora y poco complaciente que he tenido la desgracia de conocer.

–Siento no estar a la altura de tu amada Diane –le espetó ella, cruzándose de brazos–. No todas las mujeres somos perfectas.

Jacob dio tres pasos hacia ella y se detuvo en seco, con el rostro contraído por el dolor.

–Ya no me acuerdo de su rostro –dijo él en voz baja y atormentada–. Me deshice de todas sus fotos, porque no podía soportar mirarlas.

–No es problema mío –replicó ella, aunque se sentía como si le estuvieran clavando miles de puñales en el corazón–. ¿Puedes irte ya? Tengo cosas que hacer –le espetó con un nudo en la garganta.

–No tengo ni una foto tuya. Aun así, no ha pasado un día en que no pensara en ti. No quería acordarme de ti, pero no podía evitarlo. Dormido o despierto, trabajando o sin hacer nada… siempre estabas tú en mi cabeza.

–¿Qué quieres de mí? ¿Es una cuestión de honor, por haberme desflorado?

–Lo es, para mí –aseguró él y le tomó los brazos, acariciándoselos–. Te quiero, Ariel.

Tras un instante de titubeo, Ariel se armó de valor para apartarse.

–Como ya te he dicho, haces fatal de novio. Mi madre acaba de morir. No es buen momento –le reprendió ella–. Lo dices porque te sientes culpable. Pero no te preocupes, lo superarás.

Jacob volvió a acercarse, con determinación.

–Sé que soy un idiota y que no es buen momento. Aun así, tienes que creerme, Ariel. Te amo. Para mal o para bien. No pienso dejarte. Y, menos, hoy.

Ariel quería lanzarse a sus brazos y llorar en su hombro. Pero sabía que estaba sola en el mundo y tenía que protegerse.

–Como quieras. Salimos para el funeral a las cinco. Estaré en mi cuarto, descansando.

Jacob comprendió que había hecho mucho daño a Ariel. Por primera vez en su vida, él no sabía qué hacer. Lo único que sabía era que ella era su única razón para vivir. Y, mientras le quedara aliento, haría todo lo posible por protegerla.

Ariel salió de su cuarto a las cinco menos diez con un traje de chaqueta impecable de Chanel, color negro, y el pelo recogido en un moño. Se había puesto tacones y unas enormes gafas de sol. Estaba hermosa y distante. La estrella de cine estaba lista.

Salieron juntos y entraron en la limusina que el estudio de grabación le había enviado a Ariel, junto con un gigantesco ramo de flores. Ella lo ignoró durante cuarenta y cinco minutos y Jacob no quiso interrumpir su silencio, ni hacer nada que pudiera molestarla.

El lugar donde se celebraba el funeral estaba lleno de amigos y conocidos de Ariel y su madre. Fueron dos horas interminables, en las que Jacob no se separó de ella más que para llevarle un vaso de agua. Ella no se lo presentó a nadie, actuando como si fuera invisible.

Cuando el coche fúnebre iba a salir hacia la capilla, Ariel respiró hondo. Jacob le puso la mano en la espalda para darle ánimos.

–Puedes hacerlo, princesa. Estoy orgulloso de ti.

Entraron y se sentaron juntos en los bancos de la primera fila. La misa empezó. Una famosa cantante entonó una hermosa melodía. Cuando el sacerdote terminó, las luces se hicieron más suaves y una pantalla de vídeo bajó del techo con el rostro de la señora Dane.

–Muchos de vosotros trabajáis en el mundo del celuloide. Por desgracia, la vida real no es tan fácil de manipular –comenzó a decir la imagen grabada de la difunta–. Todos experimentamos momentos dolorosos. Yo nunca me he sentido desafortunada. Mi vida ha estado llena de bendiciones y la mayor de ellas es mi hija Ariel. Te quiero, ángel mío –continuó el vídeo–. A todos vosotros, quiero transmitiros la lección que he aprendido. La familia es lo más importante y, aunque hay familias de distintos tipos y tamaños, hay que estar al lado de los seres queridos. Nunca se sabe cuánto vamos a vivir. No dejéis que la amargura, la envidia y las penas del pasado definan vuestro presente. Cuidad de aquellos que os aman y dad gracias.

La pantalla se quedó en blanco.

Cuando Ariel se puso en pie, Jacob se dio cuenta de que le temblaban las rodillas.

–Gracias por haber venido –dijo ella a los asistentes–. Ha significado mucho para mí –añadió. Entonces, le tendió la mano a Jacob–. Sácame de aquí... por favor –le susurró.

Jacob la condujo por una puerta adyacente. Allí los estaba esperando su chófer. Ella parecía a punto de derrumbarse.

Una vez dentro de la limusina, con su privacidad protegida por los cristales tintados, él la abrazó.

–Ya está, princesa. Lo has hecho muy bien.

Ariel empezó a llorar, aferrada a él. A Jacob también se le humedecieron los ojos.

–¿Quieres irte a la cama? –preguntó él cuando amainaron sus lágrimas–. ¿O prefieres comer algo? Dime qué necesitas.

–Llévame a la playa, en mi coche –pidió ella, limpiándose los ojos–. Quiero ver el mar.

El conductor los dejó en casa de Ariel.

–Ve a cambiarte. Puede hacer frío –aconsejó él.

Ella negó con la cabeza y le entregó las llaves del coche.

–No. Vámonos.

No estaban lejos de la costa. En voz baja, Ariel le dio indicaciones para llegar. Aparcaron delante de una casa en la playa.

–Es de una amiga mía que se ha ido a Europa. Me ha dejado las llaves para que se la cuide.

Sin embargo, en lugar de ir hacia la casa como Jacob había esperado, Ariel se dirigió a la playa. Se quitó los tacones y los dejó en el suelo.

–¿Adónde vas?

Sin responder, ella siguió caminando hasta la orilla, todavía con las medias puestas. Su figura parecía diminuta y solitaria enmarcada en la inmensidad del océano.

El agua debía de estar helada, pero Ariel no se inmutó cuando las olas le tocaron los pies.

Jacob se quitó los zapatos también y la acompañó. Se quedaron callados, hombro con hombro, contemplando el horizonte.

–¿Sabes por qué me gusta venir aquí? –preguntó ella con un suspiro.

–No. Dímelo.

–Me recuerda que soy insignificante en el gran esquema de las cosas. El mundo podría seguir girando sin mí. Eso me consuela en cierto modo.

–Te equivocas –replicó él, tomándola por los hombros para que lo mirara a la cara–. Sin ti, mi mundo se detendría.

–Parece la frase de una película barata, doctor. Actúas muy mal.

–Siento haberte dejado sola en Antigua –se disculpó él, sintiéndose avergonzado y merecedor de su sarcasmo–. Estaba asustado.

–¿De qué?

–Llevo toda la vida buscando la felicidad y nunca he logrado alcanzarla. Contigo, ha sido diferente. Puedo imaginarme a tu lado por toda la eternidad. Pero me aterroriza pensar que puedas dejarme.

Capítulo Doce

–Te oí decirle a mi madre que no me amas –confesó ella–. Así que ahora no puedo creerte –le espetó, llena de dolor.

–Oh, Cielo Santo.

–Exacto –repuso ella y se apartó, sintiéndose humillada y vulnerable.

–En ese momento, me estaba engañando a mí mismo –reconoció él con gesto indescifrable–. Estaba luchando con mis propios demonios.

–Porque estás enamorado de Diane todavía.

–No, no es eso. La adoraba, no voy a negarlo. Pero era muy joven.

–¿Y ahora eres mayor?

–Te quiero, Ariel –repitió él, acariciándole el pelo–. He tardado mucho en darme cuenta y te he hecho daño. Lo siento.

Ariel ansiaba creerlo y refugiarse en sus brazos, pero temía que él se estuviera dejando llevar por su sentido de la responsabilidad y no por el amor verdadero.

–Nuestros mundos son muy diferentes. Tú mismo lo dijiste.

–Ya lo he pensado. Me mudaré aquí contigo –afirmó él–. Aquí tienes tu trabajo. Puedo viajar contigo.

–¿Qué estás diciendo? –preguntó ella con el corazón acelerado.

–¿Te quieres casar conmigo? No puedo vivir sin ti.

Jacob se puso de rodillas, se sacó del bolsillo una cajita de la joyería y la abrió. Contenía un enorme solitario en un anillo de platino.

–Cielo, santo, doctor. Dime que es una circonita.

–Ariel, ¿quieres ser mi esposa? –repitió él, tomándole la mano.

A ella se le contrajo el corazón. Jacob se estaba ofreciendo por completo, dispuesto a renunciar a su hogar, a su forma de vida, a su orgullo. Por ella.

–Sigue hablando. Y ponte en pie de una vez –dijo ella con una sonrisa.

Jacob le puso el anillo.

–Con esto, estoy eligiendo pareja para toda la vida, espero que lo sepas, Ariel.

–¿Estás seguro de que quieres casarte conmigo, Jacob? Si me dices que sí, no te dejaré marchar nunca. Tendrás que quedarte conmigo para siempre.

–Te adoro, Ariel –afirmó él, besándola con suavidad en los labios.

–Llévame a casa, a la cama, rápido.

Corrieron como niños hasta el coche. La risa de Ariel era el sonido más dulce que Jacob había oído jamás. No se soltaron las manos durante todo el camino de vuelta.

–No quiero que se llene todo de arena –comentó ella en el hall de la casa–. Debemos desnudarnos aquí.

Él titubeó, pues sabía que, si la veía desnuda, no iba a poder contenerse.

–Te necesito esta noche, Jacob. Muéstrame lo que sientes –le susurró ella, tocándole el rostro con ternura.

–No estás pensando con claridad. No puedo aprovecharme de ti en un momento como este. Considera mi proposición. Hablaremos por la mañana.

–Estoy triste –reconoció ella, levantando la barbilla–. Y estaré triste durante un tiempo. Pero, cuando estás conmigo, tengo esperanza y me siento viva. No quiero dormir sola.

Cuando una mujer se desnudaba, un hombre tenía dos opciones, pensó Jacob. Podía huir de la tentación o podía tomar lo que le ofrecían. Él estaba cansado de huir.

Tras desvestirse a toda prisa, la tomó en sus brazos y la llevó al baño que había en el dormitorio. Ajustó el grifo del agua y la dejó en el suelo con cuidado.

Con docilidad, ella se dejó enjabonar.

–Aprecio tu delicadeza, doctor –dijo ella, riendo, tras unos momentos–. Pero no voy a romperme. Hazme el amor.

–Lo que desees –repuso él con una gran erección y la sacó de la ducha. La secó y ella apoyó la cabeza en su pecho.

–Te amo, Jacob Wolff.

Sus palabras le calaron muy hondo a Jacob.

–Y sí, me quiero casar contigo.

Exultante de alegría, la llevó en brazos a la cama y se tumbó con ella.

–Ahora eres mío, doctor –dijo ella, colocándose encima y sujetándole las muñecas.

Ambos gritaron de placer cuando Ariel descendió sobre su erección. Comenzaron a moverse al unísono y, al fin, el clímax los hizo explotar en una interminable oleada de gozo.

Ariel lo besó con dulzura.

–Quiero vivir contigo en tu montaña. Puedo hacer una película al año, pero también me gustaría estudiar. ¿Qué te parece?

–No quiero entrometerme en tu profesión –repuso él, recuperando poco a poco la conciencia después de su orgasmo–. No sería justo para ti ni para el mundo.

–Puedo hacer muchas cosas a la vez, ya lo verás. ¿Y qué me dices de tener bebés?

–¿Bebés? –repitió él, invadido por una profunda alegría–. Podría dejarme convencer.

–Será la película de mi vida –dijo ella con un suspiro–. Hacer de esposa de Jacob Wolff.

Dieciocho meses después...

Jacob Wolff estaba parado en la alfombra roja, rodeado de fotógrafos. A su lado, estaba su radiante esposa con un vestido largo de princesa, color rosa.

–¿Estás nerviosa? –le susurró él al oído.

Ella le dio un beso en la boca, sin preocuparse por los mirones. La habían nominado como mejor actriz, lo que no había sorprendido a nadie.

–¿Por el premio? –preguntó ella.

–Sí –afirmó Jacob, contemplándola. Nunca se

cansaba de admirar su belleza. Ariel Dane era la estrella de la fiesta. Y era suya.

–Es un honor haber sido nominada –añadió con tono profesional, y los dos intercambiaron sonrisas delante de los fotógrafos.

Al día siguiente, por una vez, las revistas del corazón publicaron la verdad:

La princesa de Hollywood encuentra su final feliz.

En el Deseo titulado *La hija de la doncella*,
de Janice Maynard,
podrás terminar la serie
EL CASTILLO WOLFF

Bianca

Podía intentar resistirse todo lo que quisiera, pero Asad sabía que solo era una cuestión de tiempo que la seductora pelirroja volviera a su cama

El jeque Asad estaba dispuesto a hacer lo que tuviese que hacer para asegurar su legado en Kadar. Porque bajo el traje de chaqueta italiano latía el corazón de un guerrero del desierto.
Iris Carpenter no salía de su asombro al ver al hombre que la recibió en Kadar; el hombre que le había roto el corazón seis años antes. Su aspecto era más impresionante que entonces e incluso más peligroso. Especialmente cuando los penetrantes ojos oscuros, tan ardientes como el sol del desierto, se clavaron en ella.

El corazón del guerrero del desierto

Lucy Monroe

¡YA EN TU PUNTO DE VENTA!